POIROT INFRINGE LA LEY

AGATHA CHRISTIE

EDITORIAL MOLINO

SELECCIONES DE BIBLIOTECA ORO

Título original:
THE VEILED LADY - THE HOUND OF DEATH - DOUBLE SIN

Traducción:
M. LOURDES POL DE RAMÍREZ

Calabria, 166 - 08015 Barcelona

Depósito legal: B. 45.454-1999
ISBN: 84-272-0280-6

Impreso en España — Printed in Spain

LIMPERGRAF, S. L. — Mogoda, 29 - 31 Barberà del Vallès (Barcelona)

POIROT INFRINGE LA LEY

AGATHA CHRISTIE

Títulos publicados

Asesinato en el Orient Express
El asesinato de Rogelio Ackroyd
Diez negritos
Cianuro espumoso
Cita con la muerte
El misterio del tren azul
Un triste ciprés
Maldad bajo el sol
El enigmático Mr. Quin
Un cadáver en la biblioteca
Cinco cerditos
Matrimonio de sabuesos
La muerte visita al dentista
Intriga en Bagdad
Navidades trágicas
El misterio de Sittaford
Un puñado de centeno
Cartas sobre la mesa
La muerte de Lord Edgware
La señora Mc Ginty ha muerto
Se anuncia un asesinato
Asesinato en Bardsley Mews
Después del funeral
Tres ratones ciegos
Pleamares de la vida
Sangre en la piscina
Asesinato en Mesopotamia
El testigo mudo
El misterio de la guía de Ferrocarriles
El truco de los espejos
Poirot en Egipto
El hombre del traje color castaño
Muerte en las nubes
Destino desconocido
Matar es fácil
La venganza de Nofret
Trayectoria de boomerang
El misterioso Sr. Brown
Peligro inminente
Tragedia en tres actos
El secreto de Chimneys
El misterioso caso de Styles
Muerte en la vicaría
Hacia cero
Poirot investiga
El misterio de las siete esferas
Los trabajos de Hércules
Ocho casos de Poirot
Srta. Marple y trece problemas
Parker Pyne investiga
La casa torcida
Asesinato en la calle Hickory
El pudding de Navidad
El espejo se rajó de parte a parte
Un gato en el palomar
Asesinato en el campo de golf
En el Hotel Bertram
El tren de las 4,50
El misterio de Listerdale
Tercera muchacha
Misterio en el Caribe
Noche eterna
Inocencia trágica
Los relojes
El templete de Nasse-House
Poirot infringe la ley
El misterio de Sans Souci
Los cuatro grandes
Problema en Pollensa
Las manzanas
El cuadro
Los elefantes pueden recordar
Pasajero para Francfort
Primeros casos de Poirot
Némesis
Testigo de cargo
El caso de los anónimos
Telón
El misterio de Pale-Horse
Un crimen «dormido»
La puerta del destino

SUMARIO

I. Poirot infringe la ley 7
II. Doble culpabilidad 23
III. Nido de avispas 45
IV. Doble pista 59
V. Santuario 75
VI. El sabueso de la muerte 103
VII. La gitana 131
VIII. La lámpara 147
IX. El extraño caso de sir Arthur Carmichael 159
X. La llamada de las alas 189
XI. La última sesión 211
XII. La muñeca de la modista 231

Capítulo primero

POIROT INFRINGE LA LEY

Había observado que desde hacía una temporada, Hercule Poirot se mostraba descontento e intranquilo. Llevábamos algún tiempo sin resolver casos de importancia, de esos en los que mi pequeño amigo ejercitaba su agudo ingenio y sus notables facultades deductivas. Aquella mañana de julio, dobló el periódico que leía y exclamó:

—¡Bah! —una exclamación muy suya que sonaba exactamente como el estornudo de un gato—. Los criminales de tu Inglaterra me temen, Hastings. Si el gato está presente, los ratones no se interesan por el queso.

—Imagino que la mayor parte de ellos ni siquiera conocen su existencia —contesté riéndome.

Al mirarme, sus ojos mostraban reproche. Él cree que el mundo entero piensa y habla de Hercule Poirot. Ciertamente, goza de gran popularidad en Londres, si bien eso no justifica que su simple nombre sea suficiente para sembrar el pánico entre el hampa criminal.

—¿Qué opina del reciente robo de joyas en pleno día en la calle Bond? —le pregunté.

—Un trabajo muy limpio —convino—, estoy de acuerdo, pero no es de mi gusto. *Pas de finesse, seulement de l'audace!* Un hombre provisto de un bastón rompe el cristal del escaparate de una joyería y coge unas cuantas piedras preciosas. Unos viandantes logran detenerlo en flagrante delito y, acto seguido, aparece un agente de la autoridad. En la comisaría, se comprueba que las piedras son falsas. ¿Qué ha sucedido? Nada de particular: simplemente, que el ladrón ha cambiado las auténticas, entregándoselas a un cómplice mezclado entre los honrados ciudadanos que lo detuvieron. Irá a la cárcel, cierto, pero cuando salga le espera una pequeña fortuna. No, no está mal planeado, si bien yo lo hubiera hecho mejor. A veces, Hastings, me fastidian mis escrúpulos. Pienso que debe ser agradable enfrentarse a la ley, aunque sólo sea en una aventura, por diversión.

—Alégrese, Poirot. Usted sabe que es único en su especialidad.

—¿Sí? Bien. ¿Ha sucedido algo apropiado para mi especialidad?

Cogí el periódico.

—Un inglés misteriosamente asesinado en Holanda —leí en voz alta.

—Siempre dicen eso. Más tarde descubren que

se comió el pescado en malas condiciones y que su muerte fue perfectamente lógica.

—Compruebo que hoy tiene espíritu de contradicción.

—*Tiens!* —exclamó Poirot, que se había acercado a la ventana—. En la calle veo lo que en lenguaje novelístico llaman «una dama tupidamente envelada». Sube la escalinata, toca el timbre... viene a consultarnos. Intuyo algo interesante. Una mujer joven y bonita como esa no oculta su rostro con un velo, excepto si el asunto es de gran importancia.

Un minuto más tarde, la joven se hallaba ante nosotros. Tal como Poirot había dicho, sus facciones aparecían protegidas por un impenetrable velo de encaje español. Al descubrirse, comprobé lo acertada que había sido la intuición de mi amigo, pues se trataba de una señorita extraordinariamente guapa, de pelo rubio y grandes ojos azules. La calidad de su sencillo atuendo me dijo en seguida que pertenecía a una elevada clase social.

—Monsieur Poirot —dijo ella con voz suave y musical—, me encuentro en un gran apuro. Y si bien temo que no pueda ayudarme, he oído de usted tantas maravillas que, como última esperanza, vengo a suplicarle un imposible.

—Un imposible me seduce siempre —contestó él—. Continúe, se lo ruego, mademoiselle.

Nuestra rubia visitante vaciló un momento.

—Ante todo, séame sincera —añadió Poirot—. No deje a oscuras ningún punto.

—Confiaré en usted —se decidió la joven—. ¿Ha oído hablar de lady Millicent Castle Vaughan?

Levanté la vista con vivo interés. El compromiso matrimonial de lady Millicent con el joven duque de Southshire había sido publicado en la prensa unos días antes. No ignoraba que era la quinta hija de un arruinado par irlandés, mientras que el duque de Southshire estaba considerado como uno de los mejores partidos de Inglaterra.

—Soy lady Millicent —continuó—. Posiblemente habrá leído acerca de mi compromiso matrimonial. Debería ser una de las mujeres más felices de la tierra, pero... ¡oh, monsieur Poirot!, estoy muy preocupada. Existe un hombre, un hombre terrible, Lavington, y... no sé cómo explicarlo. Cuando apenas contaba dieciséis años, escribí una carta y él... él...

—¿Una carta escrita a Mr. Lavington?

—¡Oh, no, a él no! A un joven soldado de quien me había enamorado, pero que murió en la guerra.

—Comprendo —dijo Poirot, amable.

—Es una carta estúpida, una carta indiscreta, pero... de veras, monsieur Poirot, nada más que eso. Sin embargo, encierra frases que... que podrían ser interpretadas erróneamente.

—Y esta carta se halla en poder de Mr. Lavington, ¿verdad? —preguntó Poirot.

—Sí, y a menos que le pague una fabulosa cantidad de dinero, una suma imposible para mí, se la enviará al duque.

—¡Cerdo indecente! —exclamé—. Le ruego me excuse, lady Millicent.

—¿No sería preferible poner en antecedentes de ello a su futuro marido?

—No me atrevo, monsieur Poirot. El duque es un hombre muy celoso, suspicaz y propenso a pensar lo peor. Esto podría arruinar nuestro compromiso.

—Tranquilícese, milady. Veamos, ¿qué puedo hacer por usted?

—Quizás sea más factible su ayuda si le pido a Mr. Lavington que le visite a usted. Puedo decirle que le he concedido poderes para tratar este asunto. Así tal vez logre reducir sus exigencias.

—¿Cuánto pide?

—Veinte mil libras... que no tengo. Incluso dudo de que me sea fácil reunir mil.

—¿Y si pidiera prestado el dinero con la excusa de su próxima boda? ¡No, me repugna la sola idea del chantaje! El ingenio de Hercule Poirot derrotará a su enemigo. Mándeme a ese Lavington. ¿Considera probable que lleve encima la carta?

La joven sacudió la cabeza.

—No lo creo. Es muy desconfiado.

—¿Supongo que no hay duda alguna en cuanto a que realmente posee la carta? —preguntó el detective.

—Me la enseñó cuando estuve en su casa.

—¿Fue usted a su domicilio? ¡Gran imprudencia, milady!

—¡Estaba tan desesperada! Confié en que mis súplicas lo ablandarían.

—*Oh, là, là!* Los hombres de esa calaña son inconmovibles ante las súplicas —dijo Poirot—. Con ello sólo le ha demostrado cuánta importancia concede usted al documento. ¿Dónde vive tan agradable caballero?

—En Buona Vista, Wimbledon. Fui allí después del anochecer. —Poirot emitió un leve gemido—. Le amenacé con denunciarlo a la policía y se rió de mí. «¿De veras, mi querida lady Millicent? Hágalo si lo desea», fue la respuesta.

—Desde luego, no es un asunto que deba llevarse a la policía —murmuró Poirot pensativo.

Y ella continuó:

—«Espero que sea usted más sensata —añadió Lavington—. Mire, en esta pequeña caja china de madera guardo su carta.» La abrió y, al desplegar las hojas ante mí, quise cogerlas, pero él fue más rápido. Después de sonreírme cínicamente, las dobló y las puso de nuevo en la cajita de madera. «Aquí está completamente segura, no tema —me dijo—. Guardo la caja en un lugar secretísimo, jamás la encontraría.» Mis ojos se volvieron a la pequeña caja de caudales adosada a la pared y él sacudió la cabeza y rió: «Sé de un escondite mejor que éste.» ¡Oh, qué odioso! ¿Cree usted que podrá ayudarme?

—Tenga fe en papá Poirot. Hallaré el modo.

Semejante seguridad estaba muy bien, pensé mientras Poirot acompañaba galantemente a la dama hasta la escalera. Sin embargo, comprendí que nos había tocado en suerte un hueso duro de roer. Así se lo dije cuando regresó y él asintió con gesto preocupado.

—Sí, no veo una solución plausible. El tal Lavington tiene la sartén por el mango. De momento, no se me ocurre cómo vamos a entramparlo.

Mr. Lavington nos visitó aquella noche. Lady Millicent no había exagerado al describirlo como un hombre odioso. Sentí un cosquilleo en los dedos de los pies, de tantas ganas como tuve de darle una patada en su parte más carnosa y echarlo escaleras abajo. Sus fanfarronerías y modales eran insoportables, como también sus risas burlonas ante las sugerencias de Poirot. En todo momento se mostró dueño de la situación, mientras Poirot parecía desarrollar la más desafortunada de sus actuaciones.

—Bien, caballeros —dijo Lavington mientras cogía su sombrero—. No puede decirse que hayamos llegado a un acuerdo. Ahora bien, tratándose de lady Millicent, una señorita encantadora, dejaremos la cosa en dieciocho mil libras. Hoy mismo me traslado a París... cuestión de pequeños negocios. Regresaré el martes. Si el dinero no me es entregado el martes por la noche, la carta llegará a manos del duque. No me digan que lady Millicent no puede conseguir esa suma. Cualquiera de sus amistades masculinas estaría más que dispuesta a favorecer a semejante belleza con un préstamo... si lo enfoca del modo adecuado.

Indignado, avancé un paso, pero Lavington se había precipitado fuera de la habitación al mismo tiempo que terminaba la frase.

—Tiene que hacer algo, Poirot. Parece que lo toma con poco nervio —grité.

—Posee un excelente corazón, amigo mío, si bien sus células grises se hallan en un deplorable estado. No experimento ningún deseo de impresionar a Mr. Lavington con mi ingenio. Cuanto más pusilánime me crea, mejor.

—¿Por qué?

—Resulta curioso —dijo Poirot haciendo memoria— que expresara deseos de trabajar contra la ley, precisamente momentos antes de que lady Millicent viniera.

—¿Piensa registrar la casa de Lavington mientras se halla ausente? —pregunté con el aliento contenido.

—A veces, Hastings, su proceso mental es sorprendentemente rápido.

—¿Y si se lleva la carta?

Poirot sacudió la cabeza.

—Es muy improbable. Todo hace pensar que posee un escondrijo en su hogar considerado por él como inexpugnable.

—¿Cuándo...? Bueno... ¿cuándo consumaremos el allanamiento de morada?

—Mañana por la noche. Saldremos de aquí hacia las once.

Y a esa hora yo estaba dispuesto a partir, vestido con un traje y un sombrero oscuros.

Poirot me observó un instante y se sonrió.

—Su atuendo es el apropiado para este caso —me dijo—. En marcha, tomaremos el metro hasta Wimbledon.

—¿No nos llevamos las herramientas adecuadas para forzar la puerta?

—¡Mi querido Hastings! Hercule Poirot no emplea semejantes métodos.

Era medianoche cuando penetramos en un reducido jardín suburbano de Buona Vista. La casa se hallaba oscura y silenciosa.

Poirot se encaminó directamente hacia una ventana de la parte trasera de la casa. La levantó sin hacer ruido y me invitó a entrar por ella.

—¿Cómo sabía que esta ventana se abriría? —susurré, pues realmente parecía cosa de magia.

—Me cuidé de su cerrojo esta mañana.

—¿Qué?

—Sí, hombre. Fue cosa fácil. Me presenté como agente del inspector Japp y dije que me enviaba Scotland Yard para colocar unos cierres a prueba de robo solicitados por Mr. Lavington. El ama de llaves me dio toda clase de facilidades, pues han sufrido dos intentos de robo últimamente. Eso demuestra que nuestra idea la han tenido ya antes otros clientes de Mr. Lavington, si bien no lograron llevarse nada de valor. Después de examinar todas las ventanas y de hacer mis pequeños arreglos, prohibí a los criados que las tocasen hasta mañana por haberlas conectado a la corriente eléctrica.

—Realmente, Poirot, es usted fantástico.

—*Mon ami,* fue de lo más sencillo que pueda imaginarse. Y ahora, manos a la obra. Los criados duermen en la parte alta de la casa, así que correremos poco peligro de molestarlos.

—Imagino que la caja estará empotrada en alguna parte.

—¿Caja? ¡Pamplinas! Mr. Lavington es inteligente. Ya comprobará que tiene un escondite mas idóneo que una caja. Eso es lo primero que todos registran.

Iniciamos una investigación sistemática. Pero, tras varias horas de registrar la casa, nuestra búsqueda seguía siendo infructuosa. Vi síntomas de furia en el rostro de Poirot.

—*Ah, sapristi!* ¿Acaso Hercule Poirot puede ser vencido? ¡Jamás! —exclamó—. Tranquilicémonos. Reflexionemos. Razonemos. En fin, empleemos nuestras pequeñas células grises.

Guardó silencio y sus cejas se contrajeron en un evidente signo de concentración mental. De repente, la luz verde que yo conozco tan bien se reflejó en sus ojos.

—¡Soy un imbécil! ¡La cocina!

—¿La cocina? —interrogué—. ¡Imposible! Los criados descubrirían más pronto o más tarde el escondite.

—¡Exacto! Lo que el noventa y nueve por ciento

de las personas dirían. Por eso la cocina es el lugar más idóneo. Está llena de diversos objetos caseros. ¡Vamos a la cocina!

Totalmente escéptico, lo seguí y observé cómo buscaba en el arcón del pan, tanteaba ollas y metía su cabeza en el horno de la cocina. Al fin, cansado de mirarlo, me fui a la biblioteca, convencido de que allí, y solo allí, hallaríamos la caja. Después de realizar un nuevo y minucioso registro, comprobé que eran las cuatro y cuarto, por lo que el amanecer estaba próximo. Esto guió mis pasos a las regiones de la cocina.

Para mi sorpresa, Poirot se hallaba dentro de la carbonera. Su pulcro traje claro estaba hecho una calamidad. Me sonrió al decirme:

—Sí, amigo mío, estropear mi aspecto no me causa placer alguno, pero... ¿qué hubiera hecho usted?

—Seguro que Lavington no ha enterrado la caja en el carbón.

—Si usara sus ojos vería que no es el carbón lo que examino.

Entonces descubrí una oquedad en el fondo de la carbonera, repleta de leños bien apilados. Poirot procedía a quitarlos uno a uno. De pronto, exclamó en voz baja:

—¡Su cuchillo, Hastings!

Se lo entregué y me pareció que lo insertaba en un tronco, que se abrió en dos. Entonces observé que había sido pulcramente aserrado por la mitad y que, en su centro, había sido tallada una cavi dad. De aquella cavidad, Poirot sacó una pequeña caja de madera, de fabricación china.

—¡Estupendo! —grité.

—Calma, Hastings. No levante demasiado la voz. Vamos, salgamos antes de que la luz del día caiga sobre nosotros.

Deslizó la caja en uno de sus bolsillos y, de un ágil salto, salió de la carbonera. Luego se sacudió la suciedad y abandonamos la casa por el mismo lugar por el que habíamos entrado. Finalmente, reemprendimos el regreso a Londres.

—¡Vaya escondite más extraordinario! —exclamé—. Sin embargo, cualquiera hubiera podido utilizar aquel leño.

—¿En julio, Hastings? Además, se olvida de que era el último de la pila y un escondite muy ingenioso. ¡Ahí viene un taxi! Ahora a casa, donde me espera un baño y un sueño reparador.

Después de la excitación de la noche, dormí hasta muy tarde. Cuando al fin entré en nuestro despacho, poco antes de las doce, me sorprendió ver a Poirot apoyado en el respaldo del sillón con la caja china abierta a su lado, leyendo tranquilamente la carta que había sacado de ella.

Me sonrió afectuoso y golpeó la hoja que leía.

—Lady Millicent tenía razón. El duque jamás le hubiera perdonado esta carta. Contiene las expresiones de amor más extravagantes que jamás he leído.

—Poirot, opino que nunca debió leer esa carta. Nadie medianamente educado lo hubiera hecho.

—Pero sí Hercule Poirot —me replicó imperturbable.

—¿También es juego limpio para Hercule Poirot valerse de una tarjeta falsa? —pregunté recordando el método que usara para franquearse la entrada en casa de Lavington.

—Yo no juego limpio, Hastings, cuando llevo un caso.

Me encogí de hombros, incapaz de rebatir sus puntos de vista.

—Se oyen pasos en la escalera —dijo Poirot—. Lady Millicent, seguro.

El semblante de nuestra rubia cliente mostraba gran expresión de ansiedad, que se trocó en otra de delicia al ver la carta y la caja.

—¡Oh, monsieur Poirot, qué maravilloso es usted! ¿Cómo lo ha conseguido?

—Con métodos bastante reprobables, milady. Pero Mr. Lavington no nos demandará. ¿Ésta es su carta, verdad?

Ella la examinó.

—Sí. ¿Cómo podré agradecérselo? Es usted un hombre maravilloso, sencillamente maravilloso. ¿Dónde estaba oculta?

Poirot se lo contó.

—¡Qué inteligente es usted! —dijo cogiendo la cajita de la mesa—. Me la guardaré como recuerdo.

—Milady, supuse que no tendría inconveniente en dejármela también como recuerdo.

—Espero mandarle un recuerdo mucho mejor el día de mi boda. No seré desagradecida, monsieur Poirot.

—Haberle sido útil es para mí un placer superior a cualquier talón bancario. Permítame que retenga la caja.

—Por favor, monsieur Poirot, significa mucho para mí —dijo sonriente.

Lady Millicent alargó su mano, pero la de Poirot se cerró sobre la de ella.

—Seguro —su voz había cambiado.

—¿Qué significa esto? —preguntó la joven, no sin cierta dureza.

—En todo caso, permítame que saque el resto de su contenido. Observe cómo el espacio original ha sido reducido a la mitad. En la parte superior está la carta comprometedora, pero en el fondo...

Hizo un gesto ambiguo y sacó la mano. En ella aparecieron cuatro relucientes piedras y dos grandes y lechosas perlas blancas.

—Las joyas robadas en la calle Bond el otro día, me imagino —murmuró Poirot—. Japp nos lo confirmará.

Mi sorpresa no tuvo límites cuando el mismo Japp salió del dormitorio de Poirot.

—Le presento a un viejo amigo suyo, según tengo entendido —dijo Poirot a lady Millicent.

—¡Cazada! —exclamó la joven con un repentino cambio de modales—. ¡Cínico viejo demonio!

—Bien, mi querida Gertie —intervino Japp—. Esta vez ganamos nosotros. Ya hemos detenido a su compinche, el falso Lavington. En cuanto al auténtico, conocido también por el nombre de Corker, me gustaría saber quién de la banda lo apuñaló en Holanda el otro día. ¿Creyeron que se había llevado el botín con él, verdad? Les engañó como a novatos y lo ocultó en su propia casa. Y ustedes, al fracasar en la búsqueda quisieron engatusar a monsieur Poirot, quien tuvo más suerte y las encontró.

—¿Le gusta pavonearse, verdad? —preguntó la falsa Millicent—. ¡Qué fácil le resulta ahora! Bien, seré buena. No podrá decir que no soy toda una dama.

—Los zapatos no encajaban —me dijo Poirot cuando estuvimos solos—. Según pequeñas observaciones sobre la vida, las costumbres y los gustos de los ingleses, una dama, una dama de verdad, se muestra siempre muy exigente con sus zapatos. Podrá vestir ropas descuidadas, pero jamás llevará un calzado ordinario. Sin embargo, nuestra lady Millicent lucía ropas elegantes y caras, y zapatos de escaso valor.

»Ellos debieron pensar que ni usted ni yo conoceríamos a la auténtica lady Millicent debido a sus escasas visitas a Londres. Y hemos de admitir que la jovencita se le parece lo suficiente para suplantarla con éxito, ante quien no haya tratado con ambas con anterioridad.

»Bien, como le he dicho, sus zapatos despertaron mis sospechas, acrecentadas por su historia y el uso de tan melodramático velo. Supongo que la caja china con una carta comprometedora en su interior debía ser conocida por todos los miembros de la banda, pero no el leño hueco, una idea particular del difunto Lavington.

»Hastings, espero que nunca más herirá mis sentimientos como hizo ayer al decirme que soy desconocido entre el hampa londinense. *Ma foi!* ¡Si hasta me contratan cuando ellos mismos fracasan!

Capítulo II

DOBLE CULPABILIDAD

Aquel día hallé a mi amigo en sus habitaciones, sobrecargado de trabajo. Su celebridad era la causa de que toda mujer rica que hubiera extraviado un brazalete o a su perro favorito recurriera a los servicios del gran Hercule Poirot. Mi pequeño amigo era una extraña mezcla de hombre de negocios y romántico idealista. Aceptaba muchos casos que no le interesaban debido a que predominaba el primero de esos instintos.

También llevaba casos de poca o ninguna compensación económica, meramente porque le interesaba el asunto. Y el resultado, como digo, era que se hallaba sobrecargado de trabajo. Poirot, con cara de circunstancias, admitía como cierto ese modo suyo de obrar.

Afortunadamente, mi visita no fue infructuosa, pues logré persuadirlo de que me acompañase a pasar unas cortas vacaciones en un renombrado lugar de la costa sur: Ebermouth.

Después de cuatro agradables días, Poirot vino a mi encuentro con una carta abierta en una mano.

—*Mon ami*, ¿recuerda a mi amigo Joseph Aarons, el agente teatral?

Asentí después de meditar un momento. Los amigos de Poirot son tantos y tan diversos que se encuentran en todas las esferas sociales.

—*Eh bien*, Hastings, Joseph Aarons se encuentra en Charlock Bay. Cierto problemita parece preocuparle en grado sumo. Me ruega que vaya a verlo. *Mon ami*, debo acudir a su llamada. El bueno de Aarons es un amigo fiel que me ha ayudado mucho.

—Conforme, si así lo desea —contesté—. Charlock Bay es un lugar estupendo y, además, nunca estuve allí.

—Magnífico. Así compaginaremos los negocios y el placer —dijo Poirot—. ¿Se informará del horario de trenes?

—Me temo que deberemos hacer uno o dos trasbordos. —Hice una mueca—. Ya sabe lo que sucede con estas líneas del interior. Ir de la costa del sur de Devon a la del norte a veces representa un día de viaje.

No obstante, averigüé que el viaje podía realizarse con sólo un trasbordo en Exeter y que los trenes estaban muy bien. Regresaba de la estación para informar a Poirot, cuando vi un letrero en las oficinas de los autocares Speedy que decía:

Todos los días, excursiones a Charlock Bay. Primera salida a las 8,30. Viaje a través del más bello panorama de Devon.

Solicité algunos detalles y corrí al hotel entusiasmado. Sin embargo, Poirot se resistió a compartir mi estado de ánimo.

—Amigo mío, ¿por qué esa pasión por el autocar? El tren es más seguro. Carece de neumáticos que se pinchen, lo cual reduce las posibilidades de un accidente. Además, en el tren no molesta el aire, pues con cerrar las ventanillas se evitan las corrientes.

Con delicadeza argüí que el aire fresco era lo que, precisamente, me hacía desear el viaje en autocar.

—¿Y si llueve? Su clima inglés es muy inseguro.

—Si llueve torrencialmente, la excursión no se realiza.

—¡Ah! —dijo Poirot—. En ese caso, roguemos que llueva.

—Bueno, si usted prefiere...

—No, no, *mon ami* —me interrumpió—. Ha puesto su corazón en el viaje. Por fortuna, dispongo de un grueso abrigo y dos bufandas —suspiró—. ¿Pararemos suficiente tiempo en Charlock Bay?

—Pasaremos la noche allí. El viaje comprende una excursión por Dartmoor, una comida en Monkhampton y la llegada a Charlock Bay a eso de las cuatro. El autocar inicia el regreso a las cinco.

—¡Vaya! —exclamó Poirot—. ¿Y hay gente que hace eso por placer? Supongo que lograremos una reducción de tarifa, puesto que no haremos el viaje de vuelta.

—Me temo que no podrá ser.

—Insista.

—Vamos, Poirot. No sea mezquino.

—Amigo mío, no soy mezquino. El dinero es el dinero. Si fuera millonario, nunca pagaría más de lo justo.

Como yo había previsto, el deseo de Poirot no pasó de un intento. El empleado que despachaba los billetes en la oficina Speedy resultó ser inconmovible. Según nos dijo, el regreso era obligatorio. Es más, incluso nos insinuó que tendríamos que pagar un recargo por el privilegio de abandonar el coche en Charlock Bay.

Derrotado, Poirot abonó el importe del viaje completo y salimos de la oficina.

—Los ingleses carecen del sentido de la economía —gruñó—. ¿Observó usted al joven que pagó la tarifa y el recargo porque piensa quedarse en Monkhampton?

—Pues no, en realidad...

—Ya —me interrumpió—. Miraba a la guapa señorita que reservó el asiento número cinco, junto a los nuestros. Sí, amigo mío, lo vi. Y estuve a punto de elegir los asientos trece y catorce, situados en el centro, que es el sitio más resguardado. Pero usted se adelantó a pedir el tres y el cuatro.

—Hombre, verá, yo...

—¡Pelo rojizo! ¡Siempre las pelirrojas!

—Está bien, Poirot, pero no me negará que es de mejor gusto mirar a una señorita que a un joven estrambótico.

—Eso depende del punto de vista. Para mí, el joven estrambótico resulta más interesante.

Algo muy significativo en el tono de Poirot hizo que lo mirase perplejo.

—¿Por qué? ¿Qué quiere decir?

—Oh, no se excite. Nuestro mozo se empeña en lucir un poblado bigote que, no obstante, parece escuálido. —Poirot se mesó su magnífico bigote—. Su crecimiento y conservación requiere instinto de artista. En realidad, me apenan quienes lo intentan y no lo consiguen.

Siempre es difícil saber cuándo habla en serio o, simplemente, se divierte a costa de uno.

Tuvimos un amanecer brillante y soleado. ¡Un día espléndido! Sin embargo, Poirot no quiso arriesgarse y se puso un chaleco de lana, un grueso abrigo y dos bufandas, pese a llevar su mejor traje de invierno. Tampoco se olvidó del impermeable, ni de ingerir dos pastillas antigripales.

Ya en el vehículo, el conductor se hizo cargo del maletín de la linda pelirroja, del otro que llevaba el joven que despertara la simpatía de Poirot con su bigote y de los nuestros.

Poirot, no sin cierta malicia, me señaló el asiento anterior, puesto que «me gustaba el aire fresco», y él se acomodó en el inmediato a nuestra vecina. Luego arregló la cosa. El viajero del asiento seis era un tipo bullicioso, amigo de contar chistes, y Poirot le preguntó a la joven si prefería cambiar de sitio con él. Ella, agradecida, estuvo conforme, y muy pronto la conversación se generalizó entre nosotros tres.

Era evidente su juventud, pues no pasaría de los diecinueve años, y su ingenuidad podía compararse a la de una niña. No tardó en confiarnos el motivo de su desplazamiento: un viaje de negocios por cuenta de su tía, que regentaba una tienda de antigüedades en Ebermouth.

La tía, cuya situación económica era muy precaria a la muerte de su padre, invirtió todos sus ahorros y las bellas antigüedades que atesoraba en su hogar en el negocio. El éxito le sonrió y, muy pronto, su nombre gozó de una merecida reputación comercial.

Mary Durrant se fue a vivir con su tía y aprendió la técnica de esta clase de negocios, que prefirió al empleo de institutriz o dama de compañía.

Poirot asentía interesado.

—Mademoiselle tendrá éxito —dijo galante—. Pero le aconsejo que no se confíe. En todas partes del mundo hay bribones e, incluso, puede encontrarlos en este mismísimo autocar. ¡Siempre hay que estar en guardia!

La joven le miró boquiabierta y él asintió con aire experimentado.

—Sí, como le digo. Incluso yo, que hablo con usted, puedo ser un maleante de la peor ralea.

Nos detuvimos a comer en Monkhampton y, tras cruzar unas palabras con el camarero, Poirot consiguió una mesita para los tres junto a una ventana. Fuera, en un amplio patio, había unos veinte autocares aparcados llegados de todo el condado. El comedor del hotel se hallaba rebosante de público y el ruido era considerable.

—Con esto hay suficiente para impregnarse del espíritu de los días festivos —comenté por decir algo. Mary estuvo de acuerdo.

—A Ebermouth la echan a perder en verano. Mi tía dice que antes era distinto. Ciertamente, en la actualidad se hace difícil circular por sus calles debido a la multitud.

—Eso es bueno para el negocio, mademoiselle.

—No para el nuestro. Sólo vendemos antigüedades muy valiosas, no aptas para visitantes de fin de semana. Tenemos clientes en toda Inglaterra. Si uno desea adquirir determinado tipo de silla o mesa antigua, o una pieza de porcelana, nos escribe y, más pronto o más tarde, le complacemos.

Nuestro indudable interés la animó a proseguir. Y así supimos que cierto caballero norteamericano llamado J. Baker Wood, coleccionista de miniaturas, había visto un juego de ellas muy valioso en una revista. Miss Elizabeth Penn, tía de Mary, logró adquirirlas y escribir a Mr. Wood, comunicándole el precio. El norteamericano contestó en seguida que estaba dispuesto a comprarlas si eran como decía. También rogaba que se las llevasen a

Charlock Bay. Por eso la joven pelirroja viajaba en esta ocasión como representante de su tía.

—Son admirables —acabó ella—. Sin embargo, me cuesta imaginar a alguien dispuesto a pagar por ellas quinientas libras. Eso sí, llevan la firma de Cosway. Claro que yo apenas sé quién es ese Cosway.

Poirot se sonrió.

—Eso se llama falta de experiencia, mademoiselle.

—Confieso que no estoy muy ducha en cosas de arte. En realidad, carezco de la formación adecuada. Aún me queda mucho que aprender.

De pronto, sus ojos se agrandaron como sorprendidos. Se hallaba de cara a la ventana y, en aquel momento, miraba al patio. Dijo algo ininteligible, se levantó de su asiento y se fue precipitadamente. Regresó a los pocos momentos, sin aliento y excusándose.

—Siento haberme marchado de esa forma. Vi a un hombre que salía del autobús con un maletín y me pareció el mío. Ha resultado que era el suyo. Por cierto, es idéntico al que traigo yo. Bueno, hice el ridículo y él ha reaccionado como si se le acusara de robo.

Mary se rió. Pero no Poirot.

—¿Cómo es el hombre, mademoiselle? Descríbamelo.

—Viste un traje castaño y es un joven que luce un bigote muy ralo.

—¡Ajá! —exclamó Poirot—. Se trata de nuestro

conocido de ayer, Hastings. ¿Sabe usted quién es, mademoiselle? ¿No lo ha visto antes?

—No, nunca, ¿por qué?

—Por nada. Sólo que resulta bastante curioso.

Poirot se sumió en uno de sus peculiares silencios y ya no intervino en la conversación hasta que oyó a Mary Durrant decir algo que captó su atención.

—¿Qué ha dicho? ¿Qué ha dicho, mademoiselle?

—Que en mi viaje de regreso deberé tener cuidado con los maleantes. Según tengo entendido, Mr. Wood acostumbra a pagar al contado y, si llevo encima quinientas libras en billetes, puedo atraer la atención de algún indeseable.

De nuevo, su risa no fue coreada por Poirot. En vez de ello, le preguntó en qué hotel pensaba hospedarse en Charlock Bay.

—En el Anchor. Es pequeño y no muy caro, pero aceptable.

—¡Caramba! —exclamó Poirot—. Mi amigo, Mr. Hastings, también ha elegido ese hotel. ¡Qué coincidencia!

Entonces se volvió hacia mí y me guiñó un ojo.

—Sólo esta noche. He de resolver un asunto allí. ¿Adivina usted, mademoiselle, cuál es mi profesión?

Mary pareció sopesar algunas posibilidades. Al fin se aventuró a decir que, posiblemente, era prestidigitador. Esto divirtió mucho a Poirot.

—Es una excelente ocurrencia —dijo mi amigo—. ¿Así, usted me cree capaz de sacar conejos de un sombrero? No, mademoiselle. Soy todo lo contrario. Un prestidigitador hace que desaparezcan las cosas. Yo en cambio, hago que aparezcan. —Con aire de melodrama se inclinó hacia delante para dar más efectividad a sus palabras—. ¡Es un secreto, mademoiselle! ¡Soy detective!

Luego se recostó sobre el respaldo de su silla complacido del efecto logrado. Mary lo miró perpleja y sorprendida. Y allí murió la conversación, pues empezaron a oírse las bocinas de los monstruos de la carretera, dispuestos a reanudar la marcha.

Mientras Poirot y yo salíamos juntos, aludí al encanto de miss Durrant y él estuvo de acuerdo.

—Sí, es encantadora. Pero, ¿no le parece algo tonta?

—¿Tonta?

—No se disguste. Una muchacha puede ser bella, tener el pelo rojizo y, no obstante, ser tonta. Es el colmo de la tontería confiarse a dos desconocidos.

—Quizás le parecemos unos respetables caballeros.

—No diga tonterías, Hastings. Cualquiera que conozca su trabajo... Bien, de todos modos su aspecto es correcto. Claro que es infantil hablar de precauciones al regreso porque llevará encima quinientas libras, cuando ahora también las lleva.

—¿Se refiere a las miniaturas?

—Exacto. Y le supongo de acuerdo conmigo en

que no hay diferencia apreciable entre quinientas libras en moneda o en miniaturas, *mon ami*.

—Pero nadie lo sabe, excepto nosotros.

—Y el camarero, y la gente de las mesas vecinas y, sin duda alguna, otras personas de Ebermouth. Desde luego, mademoiselle Durrant es encantadora, pero si yo fuera miss Elizabeth Penn, le daría lecciones de sentido común. —Luego, tras un leve cambio en el tono de su voz, dijo—: Amigo mío, es la cosa más fácil del mundo llevarse un maletín guardado en un autocar mientras sus ocupantes comen en un hotel.

—Poirot, no sea desconfiado. Seguro que alguien vigila los vehículos aparcados.

—¿Y qué vería esa persona? Que un pasajero recoge su equipaje. La cosa se haría del modo más natural, sin levantar sospechas.

—¿Qué insinúa, Poirot? ¿Acaso el sujeto del traje castaño no cogió su propio maletín?

Poirot frunció el ceño.

—Eso parece. Aún así, no deja de ser curioso, Hastings. ¿Por qué no se llevó su maletín antes, a la llegada? Si se ha fijado, tampoco ha comido aquí.

—Desde luego, si miss Durrant no hubiera estado frente a la ventana, no se hubiera enterado.

—Y puesto que era su propio maletín, eso carece de importancia —dijo Poirot—. Bien, *mon ami*, desterremos ese asunto de nuestros pensamientos.

Cuando estuvimos nuevamente acomodados en

nuestros asientos y el coche en marcha, dimos a Mary otra conferencia sobre los peligros de la indiscreción. Ella nos escuchó con evidente humildad, si bien su aspecto jocoso era el de quien oye un chiste.

Llegamos a Charlock Bay a las cuatro y, por fortuna, conseguimos habitaciones en el hotel Anchor, un vetusto edificio en una calle de segundo orden.

Poirot acababa de sacar de su equipaje unas cuantas cosas necesarias y se aplicaba un cosmético a su bigote, cuando oímos unos golpes en la puerta de la habitación.

—Adelante —invité.

Sorprendido, vi que era Mary Durrant con el rostro blanco y gruesas lágrimas en los ojos.

—¿Qué sucede, mademoiselle? —preguntó Poirot.

—Las miniaturas se hallaban en una caja de piel de cocodrilo cerrada con llave, dentro de mi maletín —explicó—. ¡Miren!

Nos mostró un estuche recubierto de piel de cocodrilo, cuya tapa colgaba a un lado. Poirot se la cogió de las manos. La caja había sido forzada. Las señales eran evidentes. Mi amigo la examinó y luego asintió con un movimiento de cabeza.

—¿Y las miniaturas? —preguntó, si bien ambos sabíamos la respuesta.

—¡Me las han robado!

—No se preocupe —la tranquilicé—. Mi amigo

es Hercule Poirot. ¿No ha oído hablar de él? Seguro que sí. Bien, pues él las recuperará.

—¡Monsieur Poirot! ¡El gran monsieur Poirot!

Mi amigo era lo suficientemente vanidoso para sentirse halagado ante esa exclamación.

—Sí, hijita. Yo soy el gran Poirot. Confíe su pequeño problema a mis facultades. Haré cuanto pueda. No obstante, le diré que, posiblemente, sea un poco tarde. Dígame, ¿forzaron también la cerradura del maletín?

Mary sacudió negativamente la cabeza.

—Veámoslo, por favor.

Nos trasladamos a la habitación de la joven y mi amigo examinó el maletín. Obviamente, había sido abierto con una llave.

—Un trabajo sencillísimo —dijo Poirot—. Estos maletines están hechos en serie y sus cerraduras apenas difieren. *Eh bien*, telefoneemos a la policía. Veré también a Mr. Baker Wood, me cuidaré de este asunto.

Cuando le pregunté por qué temía que fuese un poco tarde, me contestó:

—*Mon cher*, dije que soy lo contrario de un prestidigitador y que hago aparecer las cosas... perdidas. Pues bien, imagino que alguien me ha tomado la delantera. ¿Me entiende?

Desapareció en el interior de una cabina telefónica, para salir cinco minutos después con semblante grave.

—Lo que temía —dijo—. Una señora ha visitado a Mr. Wood con las miniaturas hace media hora.

Se presentó como enviada por miss Elizabeth Penn. ¡Y él ha pagado en el acto!

—¿Hace media hora? Así fue antes de que llegáramos aquí —comenté.

Poirot se sonrió, enigmático.

—Los autocares Speedy son muy veloces, pero un vehículo con motor más potente llegaría a Monkhampton con una hora de ventaja por lo menos.

—¿Y qué hacemos?

—Mi buen Hastings, es usted un hombre práctico. Informaremos a la policía. Trataremos de ayudar a miss Durrant y, decididamente, celebraremos una entrevista con Mr. J. Baker Wood.

La pobre Mary, terriblemente anonadada, temía que su tía la culpase.

—Cosa muy probable —me dijo Poirot mientras nos encaminábamos al hotel Seaside, donde se hospedaba Mr. Wood—. Y con toda justicia. ¡A quién se le ocurre abandonar un maletín con efectos valorados en quinientas libras! De todos modos, *mon ami*, hay uno o dos puntos raros en este asunto. La caja, por ejemplo, ¿por qué la forzaron?

—¡Hombre! —exclamé—. ¡Para sacar las miniaturas!

—¿Y no le parece una torpeza? Supongamos que el ladrón, con el pretexto de retirar su maletín, remueve el equipaje del autocar a la hora de comer. ¿No considera más sencillo abrir el maletín, pasar la caja sin abrir al suyo y marcharse entonces sin la menor pérdida de tiempo?

—Tal vez quiso asegurarse de que las miniaturas estaban dentro.

Mi argumento no convenció a Poirot. Poco después nos introducían en la salita de Mr. Wood.

No sé por qué me resultó desagradable Mr. Baker Wood: un hombre recio y vulgar, pese a ir bien vestido y lucir una sortija con un enorme solitario.

Resultó que no había sospechado nada anormal. ¿Por qué iba a sospechar? La mujer le traía las miniaturas, unos ejemplares bellísimos. ¿La numeración de los billetes? Pues no, no la sabía. Además, ¿quién era Mr. Poirot para formular tantas preguntas?

Mi amigo se limitó a decirle:

—No le preguntaré nada más, señor. Sin embargo, le agradeceré que me haga una descripción de la mujer. ¿Era joven y bonita?

—No, desde luego que no. Era alta, de mediana edad, pelo gris, tez pecosa e incipiente bigotillo —nos explicó—. Como pueden imaginar, no se trataba de una sirena.

—Poirot —dije mientras salíamos—. Un bigote ¿lo ha oído?

—Gracias, Hastings, no soy sordo.

—Mr. Wood es bastante desagradable —añadí.

—Desde luego, no pertenece al grupo de los simpáticos —contestó contestó él.

—Bien, será fácil coger al ladrón —aseguré—. Podemos identificarlo.

—No sea cándido, Hastings. ¿Acaso ignora lo que es una coartada?

—¿Usted cree que la tendrá?

Poirot replicó muy serio:

—¡Eso espero!

—¡Lo malo de usted es esa manía suya de complicar las cosas! —exclamé.

—Exacto, *mon ami*. Lo que no me gusta es... ¿cómo se dice eso? ¡Ah! El pájaro que se sienta a esperar.

Poirot tuvo razón. Nuestro compañero de viaje, el hombre del traje castaño, resultó ser Mr. Norton Kane, que se había alojado en el hotel George. La única prueba contra él era que miss Durrant le había visto sacar su equipaje del coche mientras almorzábamos.

—Y eso no es un acto sospechoso —dijo Poirot meditativo.

Después guardó silencio y rehusó discutir el asunto, diciendo, al presionarlo yo, que pensaba en bigotes en general y que yo haría bien en pensar en lo mismo.

Pese a ello, supe que había pedido a Joseph Aaron, con quien pasara la velada, que le diera detalles relativos a Mr. Baker Wood. Ambos hombres se hospedaban en el mismo hotel y era factible que Aaron supiese algo del coleccionista. Pero si Poirot obtuvo esa información, se la guardó para sí.

Mary Durrant, tras varias entrevistas con la policía, regresó a Ebermouth en tren a la mañana siguiente. Aquel mediodía comimos con Joseph

Aaron y, después, Poirot me dijo que había resuelto el problema del agente teatral y que ya podíamos regresar a Ebermouth.

—Pero no por carretera, *mon ami*. Usaremos el ferrocarril —afirmó.

—¿Teme que le roben la cartera o no le seduce la idea de encontrarse con otra damisela en apuros?

—Ambas cosas, Hastings, pueden ocurrirme en el tren. Simplemente, tengo prisa por llegar a Ebermouth para rematar nuestro caso.

—¿Nuestro caso?

—¡Sí, hombre! Mademoiselle me suplicó que la ayudase. Que el asunto esté en manos de la policía no supone que yo me lave las manos. Vine a complacer a un viejo amigo, pero jamás dirá nadie que Hercule Poirot ha desatendido a un desconocido en apuros.

Su gesto daba a entender que no hablaría más.

—Me parece que ya estaba interesado antes del robo —aventuré—. Su interés nació en la agencia de viajes, cuando vio por vez primera al joven, si bien ignoro por qué se fijó en él.

—Sí, Hastings. Tiene razón. Pero eso forma parte de mi pequeño secreto.

Antes de partir sostuvimos una corta conversación con el inspector de policía encargado del caso, que había entrevistado a Norton Kane. Según dijo confidencialmente a mi amigo, el joven no le causó una impresión favorable, pues se había exaltado y contradicho varias veces.

—Cómo se las arregló es un misterio para mí —confesó—. Quizás entregó el maletín a un cómplice que lo trasladaría rápidamente en coche hasta aquí. Claro que eso no deja de ser una simple teoría. Tendremos que hallar el coche y el cómplice, y recomponer los hechos.

Poirot asintió, pensativo.

—¿Cree usted que se hizo así? —le pregunté, ya sentados en el tren.

—No, amigo mío, no. No fue así. Su planteamiento fue mucho más inteligente.

—¿No quiere decírmelo?

—Aún no. Ya sabe, es mi debilidad: conservar mis pequeños secretos hasta el final.

—¿Se vislumbra ese final?

—Está próximo.

Llegamos a Ebermouth poco después de las seis y nos encaminamos en seguida a la tienda de Elizabeth Penn, que estaba cerrada, pero mi amigo pulsó el timbre y la misma Mary abrió la puerta, mostrándose agradablemente sorprendida al vernos.

—Por favor, pasen y conozcan a mi tía.

Nos hizo pasar a una habitación trasera, donde una mujer de avanzada edad nos saludó. Tenía el pelo blanco y parecía una miniatura de piel rosada y ojos azules. Alrededor de sus hombros vencidos lucía una toca de encaje antiguo de gran valor.

—¿Es usted el gran Hercule Poirot? —preguntó suave y encantadoramente—. Mary me ha dicho que usted nos ayudaría.

Poirot la miró un momento y luego dijo:

—Mademoiselle Penn, su aspecto es encantador, si bien debería dejarse crecer un buen bigote.

Miss Penn dio un respingo y retrocedió.

—¿Estuvo usted en la tienda ayer?

—Por la mañana. Luego tuve jaqueca y me fui a casa.

—No, mademoiselle. A su dolor de cabeza le iba mejor un cambio de aires. Charlock Bay es ideal para eso, ¿verdad?

Me cogió del brazo y me llevó hacia la puerta. Se detuvo allí, y habló por encima de su hombro:

—Me ha comprendido, ¿verdad? Lo se todo. Esta pequeña farsa debe terminar.

Había amenaza en su tono. Miss Penn, con el rostro espantosamente blanco, asintió.

Poirot se volvió a la joven.

—Mademoiselle —dijo suavemente—, es usted joven y encantadora. No obstante, permítame advertirle que estos pequeños asuntos harán que su juventud y encanto se marchiten detrás de las rejas de una prisión. Y yo, Hercule Poirot, pienso que sería una lástima.

Salimos a la calle, sintiéndome aturdido.

—Desde el principio, *mon ami*, me interesó este caso —dijo Poirot—. Cuando aquel joven pidió un billete para Monkhampton, la atención de la muchacha se centró de repente en él. ¿Por qué? No era un tipo capaz de atraer el interés de una mujer. Luego, ya en el autocar, tuve la sensación de que algo iba a suceder. ¿Quién vio al joven retirar su equipaje? Sólo mademoiselle. Antes había elegido un asiento de cara a la ventana, cosa muy poco femenina.

»Y luego nos viene con el cuento del robo. Ya le dije que la caja forzada no era convincente. ¿El resultado de todo esto? Que Mr. Baker Wood pagase buen dinero por un género robado. La ley le obligaría a devolvérselo a miss Penn, que vendería luego las miniaturas, obteniendo así mil libras en vez de quinientas.

»Realicé algunas pesquisas y supe que su negocio va mal. Entonces comprendí que tía y sobrina estaban de acuerdo.

—¿Eso significa que nunca sospechó de Norton Kane?

—*Mon ami!* ¿Con semejante bigote? Un criminal o se rasura o luce un bigote postizo. Pero eso era la gran oportunidad de la inteligente miss Penn, la anciana de tez tostada que hemos visto. Ésta, muy bien erguida, se calza grandes botas, se altera el físico con unas cuantas pecas y añade algunos pelos en guerrilla a su labio superior y, ¿qué sucede? Simplemente que Mr. Wood la toma por una mujer hombruna y nosotros por un hombre afeminado.

—¿Estuvo ella en Charlock?

—Seguro. El tren, como usted mismo me dijo, sale de aquí a las once y llega a Charlock Bay a las dos. De regreso, incluso es más rápido: sale de Charlock a las cuatro y cinco y llega aquí a las seis quince.

»Naturalmente, las miniaturas jamás estuvieron en la caja. Ésta fue violentada antes de ser puesta en el maletín. Así, el cometido de mademoiselle Mary consistía en hallar un par de bobos sensibles a sus encantos y a su seductora belleza en apuros. Por desgracia para ella, uno de los bobos era Hercule Poirot.

—Cuando habló de ayudar a una desconocida me engañó.

—Jamás le engañé, Hastings. Sólo permití que usted mismo se engañase. Yo me refería a Mr. Baker Wood, un desconocido en estas playas —su cara denotó mal humor—. ¡Ah! ¡Cómo me irrita el recuerdo de la sobretasa! No hay derecho a cobrar la misma tarifa hasta Charlock que por un viaje de ida y vuelta. Esos abusos me inducen a proteger a los turistas. Cierto que Mr. Wood no es hombre agradable, pero ¡es un turista! Y nosotros, los extranjeros, tenemos el deber ineludible de ayudarnos mutuamente contra toda clase de desafueros.

Capítulo III

NIDO DE AVISPAS

John Harrison salió de la casa y se quedó un momento en la terraza de cara al jardín. Era un hombre alto de rostro delgado y cadavérico. No obstante, su aspecto lúgubre se suavizaba cuando sonreía, mostrando entonces un algo muy atractivo.

Harrison amaba su jardín, cuya visión era inmejorable en aquel atardecer de agosto, soleado y lánguido. Las rosas lucían toda su belleza y unas legumbres olorosas perfumaban el aire.

Un familiar chirrido hizo que Harrison volviese la cabeza. El asombro se reflejó en su semblante, pues la pulcra figura que avanzaba por el sendero era la que menos esperaba.

—¡Qué alegría! —exclamó Harrison—. ¡Si es monsieur Poirot!

En efecto, allí estaba Hercule Poirot, el detective cuya fama se había esparcido por todo el orbe.

—Yo en persona. En cierta ocasión me dijo: «Si alguna vez se pierde en esta parte del mundo, venga a verme.» Acepté su invitación, ¿lo recuerda?

—Estoy encantado —aseguró Harrison sinceramente—. Siéntese y beba algo.

Su mano hospitalaria le señaló una mesa en el pórtico, donde había diversas botellas.

—Gracias —contestó Poirot, dejándose caer en un sillón de mimbre—. ¿Por casualidad no tiene algún jarabe? No, ya veo que no. Bien, sírvame un poco de soda, por favor. No, whisky no. —Su voz se hizo plañidera mientras le servían—. ¡Cáspita, mi bigote está muy lacio! Debe de ser el calor.

—¿Qué le trae a este tranquilo lugar? —preguntó Harrison mientras se acomodaba en otro sillón—. ¿Es un viaje de placer?

—No, *mon ami*, negocios.

—¿Negocios? ¿En este apartado rincón?

Poirot asintió gravemente.

—Sí, amigo mío, no todos los delitos tienen por marco las grandes aglomeraciones urbanas.

Harrison se rió.

—Imagino que fui algo simple. ¿Qué clase de delito investiga usted por aquí? Bueno, eso si me permite la pregunta.

—Claro que sí. Y no sólo eso, sino que me gustaría me hiciera más preguntas.

Los ojos de Harrison reflejaban curiosidad. La actitud de su visitante denotaba que le traía allí un asunto de importancia.

—¿Dice que se trata de un delito? ¿Un delito grave?

—Uno de los delitos más graves.

—¿Acaso un...?

—Asesinato —completó Poirot.

Tanto énfasis puso en la palabra, que Harrison se sintió sobrecogido. Y por si esto fuera poco, las pupilas del detective permanecían tan fijamente clavadas en él que el aturdimiento le invadió. Al fin pudo articular:

—No sabía que hubiera ocurrido ningún asesinato aquí.

—No —dijo Poirot—. No es posible que pueda saberlo.

—¿De quién se trata?

—De momento, de nadie.

—¿Qué?

—Ya le he dicho que no es posible que pueda saberlo. Investigo un crimen aún no ejecutado.

—Veamos, eso suena a tontería.

—En absoluto. Investigar un asesinato antes de consumarse es mucho mejor que después. Incluso, con un poco de imaginación, podría evitarse.

Harrison le miró incrédulo.

—¿Habla usted en serio, monsieur Poirot?

—Sí, hablo en serio.

—¿Cree de veras que va a cometerse un crimen? ¡Eso es absurdo!

Hercule Poirot, sin hacer caso de la observación, dijo:

—A menos que usted y yo podamos evitarlo. Sí, *mon ami*.

—¿Usted y yo?

—Usted y yo. Necesitaré su cooperación.

—¿Es ésa la razón de su visita?

Los ojos de Poirot le transmitieron inquietud.

—Vine, monsieur Harrison, porque... me gusta usted —y con una voz más despreocupada, añadió—: Veo que hay un nido de avispas en el jardín. ¿Por qué no lo destruye?

El cambio de tema hizo que Harrison frunciera el ceño. Siguió la mirada de Poirot y dijo:

—Pensaba hacerlo. Mejor dicho, lo hará el joven Langton. ¿Recuerda a Claude Langton? Asistió a la cena en que nos conocimos usted y yo. Viene esta noche expresamente a destruir el nido.

—¡Ah! —exclamó Poirot—. ¿Y cómo piensa hacerlo?

—Con petróleo esparcido con un rociador de jardín. Traerá el suyo, que es de mayor capacidad que el mío.

—Hay otro sistema, ¿no? —preguntó Poirot—. Por ejemplo, cianuro potásico.

Harrison alzó la vista, sorprendido.

—¡Es peligroso! Es muy arriesgado tenerlo tan a mano.

Poirot asintió.

—Sí, es un veneno mortal —guardó silencio un minuto y repitió—: Un veneno mortal.

—Útil para desembarazarse de la suegra, ¿verdad? —se rió Harrison.

Hercule Poirot permaneció serio.

—¿Está completamente seguro, monsieur Harrison, de que Langton destruirá el avispero con petróleo?

—Segurísimo. ¿Por qué?

—Simple curiosidad. Estuve en la farmacia de Bachester esta tarde y mi compra exigió que firmase en el libro de los venenos. La última venta era de cianuro potásico, adquirido por Claude Langton.

Harrison enarcó las cejas.

—¡Qué raro! Langton se opuso el otro día a que empleásemos esta sustancia. En su opinión, no debería venderse para este fin.

Poirot miró por encima de las rosas. Su voz era muy queda al preguntar:

—¿Le gusta Langton?

La pregunta cogió por sorpresa a Harrison, que acusó su efecto.

—¡Qué quiere que le diga! Pues sí, me gusta. ¿Por qué no ha de gustarme?

—Mera divagación —contestó Poirot—. Y usted, ¿es de su agrado?

Ante el silencio de su anfitrión, repitió la pregunta.

—¿Puede decirme si usted es de su agrado?

—¿Qué se propone, monsieur Poirot? No acabo de comprender su pensamiento.

—Le seré franco. Tiene usted relaciones y piensa casarse, monsieur Harrison. Conozco a miss Molly Deane. Es una joven encantadora y muy bonita. Antes estuvo prometida a Claude Langton, a quien dejó por usted.

Harrison asintió con la cabeza.

—Yo no pregunto cuáles fueron las razones, que probablemente estén justificadas. Pero ¿no le parece justificada también mi duda en cuanto a que Langton lo haya olvidado o perdonado?

—Se equivoca, monsieur Poirot. Le aseguro que está equivocado. Langton es un deportista y ha reaccionado como un caballero. Ha sido sorprendentemente honrado conmigo y en ningún momento ha dejado de mostrarme su aprecio.

—¿Y no le parece eso poco normal? Utiliza usted la palabra «sorprendente» y, sin embargo, no demuestra hallarse sorprendido.

—No le comprendo, monsieur Poirot.

La voz del detective acusó un nuevo matiz al responder:

—Quiero decir que un hombre puede ocultar su odio hasta que llegue el momento adecuado.

—¿Odio? —Harrison sacudió la cabeza y se rió.

—Los ingleses son muy estúpidos —dijo Poirot—. Se consideran capaces de engañar a cualquiera y piensan que nadie es capaz de engañarlos a ellos. El deportista, el caballero, es un quijote del que nadie piensa mal. Pero a veces, ese mismo deportista, cuyo valor le lleva al sacrificio, piensa lo mismo de sus semejantes y se equivoca.

—Me está usted advirtiendo en contra de Claude Langton —exclamó Harrison—. Ahora comprendo esa intención suya que me tenía intrigado.

Poirot asintió y Harrison, bruscamente, se levantó.

—¿Está usted loco, monsieur Poirot? ¡Esto es Inglaterra! Aquí nadie reacciona así. Los pretendientes rechazados no apuñalan por la espalda ni envenenan. ¡Se equivoca en cuanto a Langton! Ese muchacho no le haría daño a una mosca.

—La vida de una mosca no es asunto mío —contestó Poirot plácidamente—. No obstante, usted dice que monsieur Langton no es capaz de matarlas, cuando en este momento debe estarse preparando para exterminar a miles de avispas.

Harrison no replicó y el detective, de pie a su vez, asió con una mano el hombro de su amigo y lo zarandeó como si quisiera despertarlo de un mal sueño.

—¡Espabile, amigo, espabile! Mire aquel hueco en el tronco del árbol. Las avispas regresan confiadas a su nido después de haber volado todo el día en busca de alimento. Dentro de una hora habrán sido destruidas. Y ellas lo ignoran porque nadie se lo advierte. De hecho, carecen de un Hercule Poirot. Monsieur Harrison, le repito que vine por negocios. El crimen es mi negocio, y me incumbe antes de cometerse y después. ¿A qué hora vendrá monsieur Langton a eliminar el nido de avispas?

—Langton jamás...

—¿A qué hora? —le atajó.

—A las nueve. Pero le repito que está equivocado. Langton jamás...

—¡Estos ingleses! —volvió a interrumpirle Poirot.

Recogió su sombrero y su bastón y se encaminó al sendero, deteniéndose para decir por encima del hombro:

—No me quedo para no discutir con usted, sólo me enfurecería. Pero entérese bien: regresaré a las nueve.

Harrison abrió la boca y Poirot gritó antes de que dijese una sola palabra:

—Sé lo que va a decirme: «Langton jamás...», etcétera. ¡Me aburre su «Langton jamás»! No lo olvide, regresaré a las nueve. Estoy seguro de que me divertirá ver cómo destruye el nido de avispas. ¡Otro de los deportes ingleses!

No esperó la reacción de Harrison y se fue presuroso por el sendero hasta la verja. Ya en el exterior, caminó pausadamente y su rostro se volvió grave y preocupado. Sacó el reloj del bolsillo y lo consultó. Las manecillas marcaban las ocho y diez.

—Unos tres cuartos de hora —murmuró—. Quizás hubiera sido mejor aguardar en la casa.

Sus pasos se hicieron más lentos, como si una fuerza irresistible lo invitase a regresar. Era un extraño presentimiento que, decididamente, se sacudió antes de seguir hacia el pueblo. No obstante, la preocupación se reflejaba en su rostro y una o dos veces movió la cabeza, signo inequívoco de la escasa satisfacción que le producía su decisión.

Minutos antes de las nueve, se encontraba de nuevo frente a la verja del jardín. Era una noche clara y la brisa apenas movía las ramas de los árboles. La quietud imperante rezumaba un algo siniestro, parecido a la calma que antecede a la tempestad.

Repentinamente alarmado, Poirot apresuró el paso, como si un sexto sentido le pusiese sobre aviso.

De pronto, se abrió la puerta de la verja y Claude Langton, presuroso, salió a la carretera. Su sobresalto fue grande al ver a Poirot.

—¡Ah...! ¡Oh...! Buenas noches.

—Buenas noches, monsieur Langton. ¿Ha terminado usted?

El joven lo miró inquisitivo.

—Ignoro a qué se refiere —dijo.

—¿Ha destruido ya el nido de avispas?

—Pues en realidad no.

—¡Oh! —exclamó Poirot como si sufriera un desencanto—. ¿No lo ha destruido? ¿Qué hizo usted, pues?

—He charlado con mi amigo Harrison. Tengo prisa, monsieur Poirot. Ignoraba que vendría a este solitario rincón del mundo.

—Me traen asuntos profesionales.

—Encontrará a Harrison en la terraza. Lamento no poder quedarme.

Langton se fue y Poirot lo siguió con la mirada. Era un joven nervioso, bien parecido, aunque su boca denotaba falta de carácter.

—Dice que encontraré a Harrison en la terraza —murmuró Poirot—. ¡Veamos!

Penetró en el jardín y siguió por el sendero. Harrison se hallaba sentado en una silla junto a la mesa. Permanecía inmóvil y no volvió la cabeza al oír a Poirot.

—¡Ah, *mon ami*! —exclamó éste—. ¿Cómo se encuentra?

Después de una larga pausa, Harrison, con voz extrañamente fría, inquirió:

—¿Qué ha dicho?

—Le he preguntado cómo se encuentra.

—Bien. Sí, estoy bien. ¿Por qué no iba a estarlo?

—¿No siente ningún malestar? Eso es bueno.

—¿Malestar? ¿Por qué?

—Por el carbonato sódico.

Harrison alzó la cabeza.

—¿Carbonato sódico? ¿Qué significa eso?

Poirot se excusó.

—Siento mucho haber obrado sin su consentimiento, pero me vi obligado a ponerle un poco en uno de los bolsillos.

—¿Que puso usted un poco en uno de mis bolsillos? ¿Por qué diablos hizo eso?

Poirot se expresó con esa cadencia impersonal de los conferenciantes que hablan a los niños.

—Una de las ventajas o desventajas del detective radica en su conocimiento de los bajos fondos de la sociedad. Allí se aprenden cosas muy interesantes y curiosas. Cierta vez me interesé por un simple ratero que no había cometido el hurto que se le imputaba y logré demostrar su inocencia. El hombre, agradecido, me pagó enseñándome muchos de los viejos trucos de su profesión.

»Eso me permite ahora hurgar en el bolsillo de cualquiera sólo con escoger el momento oportuno. Para ello basta asirle por el hombro y simular un estado de excitación. Así logré sacar el contenido de su bolsillo derecho y dejar a cambio un poco de carbonato sódico.

»Compréndalo. Si un hombre desea poner rápidamente un veneno en un vaso sin ser visto, es natural que lo lleve en el bolsillo derecho de la americana.

Poirot se sacó de uno de sus bolsillos algunos cristales blancos y aterronados.

—Es muy peligroso —murmuró— llevarlos sueltos.

Calmosamente y sin precipitarse, extrajo de otro bolsillo un frasco de boca ancha. Deslizó en su interior los cristales, se acercó a la mesa y vertió agua en el frasco. Una vez tapado, lo agitó hasta disolver los cristales.

Harrison lo miraba fascinado.

Poirot se encaminó al avispero, destapó el frasco y roció con la solución el nido. Retrocedió un par de pasos y se quedó allí a la expectativa.

Algunas avispas se estremecieron un poco antes de quedarse quietas. Otras treparon por el tronco del árbol hasta caer muertas. Poirot sacudió la cabeza y regresó al pórtico

—Una muerte muy rápida —dijo.

Harrison pareció recuperar su voz.

—¿Qué sabe usted?

—Como le dije, vi el nombre de Claude Langton en el registro. Pero no le conté lo que siguió inmediatamente después. Me lo encontré al salir a la calle y me explicó que había comprado cianuro potásico a petición de usted para destruir el nido de avispas. Eso me pareció algo raro, amigo mío, pues recuerdo que, en aquella cena a que hice referencia antes, usted expuso su punto de vista sobre el mayor mérito del petróleo para estas cosas y denunció el empleo de cianuro como peligroso e innecesario.

—Siga.

—Sé algo más. Vi a Claude Langton y a Molly Deane cuando ellos se creían libres de ojos indiscretos. Ignoro la causa de la ruptura de enamorados que llegó a separarlos, poniendo a Molly en los brazos de usted, pero comprendí que los malos entendidos habían acabado entre la pareja y que miss Deane volvía a su antiguo amor.

—Siga.

—Nada más. Salvo que estaba en la calle Harley el otro día y le vi salir a usted del consultorio de cierto médico amigo mío. Su expresión me dijo la clase de enfermedad que padece y su gravedad. Es una expresión muy peculiar que sólo he observado un par de veces en mi vida, pero es inconfundible. Ésa que refleja el conocimiento de la propia sentencia de muerte. ¿Tengo razón o no?

—Sí, sólo dos meses de vida. Eso me dijo.

—Usted no me vio, amigo mío, pues tenía otras cosas en qué pensar. Pero yo advertí algo más en su rostro: advertí esa cosa que los hombres tratan de ocultar y de la cual le hablé antes. Odio, amigo mío. No se moleste en negarlo.

—Siga —apremió Harrison.

—No hay mucho más que decir. Por pura casualidad vi el nombre de Langton en el libro registro de venenos. Lo demás ya lo sabe. Usted me negó que Langton fuera a emplear el cianuro e incluso se mostró sorprendido de que lo hubiera adquirido. Mi visita no le fue particularmente grata al principio, si bien muy pronto la halló conveniente y alentó mis sospechas. Langton me dijo que vendría a las ocho y media. Usted, a las nueve. Sin duda pensó que a esa hora me encontraría con el hecho consumado.

—¿Por qué vino? —gritó Harrison—. ¡Ojalá no hubiera venido!

—Se lo dije. El asesinato es asunto de mi incumbencia.

—¿Asesinato? ¡Suicidio querrá decir!

—No —la voz de Poirot sonó claramente aguda—. Quiero decir asesinato. Su muerte sería rápida y fácil, pero la que planeaba para Langton era la peor muerte que un hombre puede sufrir. Él compra el veneno, viene a verlo y los dos permanecen solos. Usted muere de repente y se encuentra cianuro en su vaso. ¡A Claude Langton lo cuelgan! Ése era su plan.

Harrison gimió al repetir:

—¿Por qué vino? ¡Ojalá no hubiera venido!

—Ya se lo he dicho. No obstante, hay otro motivo. Le aprecio, monsieur Harrison. Escuche, *mon ami*: usted es un moribundo y ha perdido a la joven que amaba, pero no es un asesino. Dígame la verdad: ¿le alegra o lamenta ahora que yo viniese?

Tras una larga pausa, Harrison se animó.

Había dignidad en su rostro y la mirada del hombre que ha logrado salvar su propia alma. Tendió la mano por encima de la mesa y dijo:

—Fue una suerte que viniera usted.

Capítulo IV

DOBLE PISTA

Por encima de todo, que no haya publicidad —dijo Mr. Marcus Hardman quizá por decimocuarta vez.

La palabra *publicidad* salió durante su conversación con la regularidad de un *leitmotif*. Mr. Hardman era un hombre bajo, regordete, con manos exquisitamente cuidadas y quejumbrosa voz de tenor. El hombre gozaba de cierta celebridad y la vida ociosa de la sociedad opulenta constituía su profesión. Rico, aunque no exageradamente, gastaba celosamente su dinero en los placeres que proporcionan las reuniones sociales. Tenía alma de coleccionista y su pasión eran los encajes, los abanicos y las joyas, cuanto más antiguos mejor. Para Mr. Marcus lo moderno carecía de valor.

Poirot y yo acudimos a su cita y lo hallamos debatiéndose en una agonía de indecisión. Debido a las circunstancias, llamar a la policía le resultaba incómodo. Por otra parte, no llamarla era aceptar la pérdida de unas gemas de su colección. Poirot fue la solución de compromiso.

—Mis rubíes, monsieur Poirot, y el collar de esmeraldas que se dice pertenecieron a Catalina de Médicis. ¡Sobre todo el collar de esmeraldas!

—¿Y si me explicase las circunstancias de su desaparición? —sugirió Poirot.

—Intento hacerlo. Ayer por la tarde ofrecí un pequeño té íntimo a media docena de personas. Era el segundo de la temporada y, si bien no debería decirlo, constituyó todo un éxito. Buena música... Nacoa, el pianista, y Katherine Bird, la contralto australiana.

»Bien: a primera hora de la tarde, enseñé a mis invitados la colección de joyas medievales que guardo en una pequeña caja de caudales, dispuesta a modo de estuche forrado de terciopelo de color. Esto hace que las piedras luzcan más. Después contemplamos los abanicos ordenados en una vitrina. Y a continuación, pasamos al estudio para oír música.

»Cuando todos se hubieron marchado, descubrí la caja vacía. Debí cerrarla mal y alguien aprovechó la oportunidad para llevarse su contenido. ¡Los rubíes, monsieur Poirot, el collar de esmeraldas... la colección de toda una vida! ¿Qué no daría por recuperarla? Sin embargo, ha de ser sin publicidad. ¿Entiende eso bien, monsieur Poirot? Son mis invitados, mis propios amigos. ¡Sería un escándalo!

—¿Quién fue el último en salir de esta habitación para ir al estudio?

—Mr. Johnston. ¿Lo conoce? El millonario sudafricano. Vive en Abbotbury, en Park Lane. Se rezagó unos minutos, lo recuerdo. Pero, ¡seguro que no fue él!

—¿Alguno de sus invitados regresó más tarde con algún pretexto?

—Esperaba esta pregunta, monsieur Poirot. Sí, tres de ellos: la condesa Vera Rossakoff, Mr. Bernard Parker y lady Runcorn.

—Bien, cuénteme algo sobre ellos.

—La condesa Rossakoff es una rusa encantadora, miembro del antiguo régimen. Hace poco que vive en este país. Se había despedido de mí y, por lo tanto, me sorprendió encontrarla en esta habitación, aparentemente mirando hechizada mi vitrina de abanicos. ¿Sabe una cosa, Mr. Poirot? Cuanto más pienso en ello, más sospechosa me parece. ¿Usted qué dice a eso?

—Sí, es muy sospechosa, pero hábleme de los demás.

—Parker vino a recoger una caja de miniaturas que yo deseaba mostrar a lady Runcorn.

—¿Y lady Runcorn?

—Lady Runcorn es una señora de mediana edad que invierte la mayor parte de su tiempo en asuntos de caridad. Ella regresó a recoger su bolso, que se había dejado en alguna parte.

—*Bien, monsieur*. Así pues, tenemos cuatro posibles sospechosos. La condesa rusa, la *gran dame* inglesa, el millonario sudafricano y Mr. Bernard Parker. ¿Quién es Mr. Parker?

La pregunta pareció aturdir a Mr. Hardman.

—Es... un joven... bueno, un joven que conozco.

—Eso ya me lo imagino —replicó Poirot—. ¿A qué se dedica?

—Verá... frecuenta los casinos. Claro que no le va muy bien, ¿me comprende?

—¿Puedo preguntar cómo se hizo amigo suyo?

—Pues... en una o dos ocasiones ha realizado pequeños encargos míos.

—Continúe, monsieur.

Hardman lo miró lastimeramente. Desde luego, lo último que deseaba era continuar. No obstante, el inexorable silencio de Poirot le hizo hablar.

—Verá... monsieur: usted ya conoce mi interés por las joyas antiguas. A veces surgen herencias familiares... en fin, son joyas que nunca se venderían en el mercado o a través de un profesional. Ahora bien, esas familias se avienen cuando saben que son para mí. Parker arregla los detalles, hace de intermediario y evita situaciones embarazosas. Por ejemplo, la condesa Rossakoff ha traído algunas joyas de Rusia y quiere venderlas. Parker es el encargado de tramitar los detalles de la operación.

—Comprendo —dijo Poirot pensativo—. ¿Y usted confía plenamente en él?

—No tengo motivos para no hacerlo.

—Mr. Hardman, de estas cuatro personas, ¿de cuál sospecha usted?

—¡Monsieur Poirot, qué pregunta! Son mis amigos. En realidad, no sospecho de ninguno en particular y, a la vez, sospecho de todos.

—No estoy de acuerdo. Usted piensa en uno de los cuatro. No en la condesa Rossakoff, ni en Mr. Parker. Luego debe de ser lady Runcorn o Mr. Johnston.

—Me acorrala, monsieur Poirot. Quiero que, sobre todo, se evite el escándalo. Lady Runcorn pertenece a una de las más antiguas familias de Inglaterra. Pero, desgraciadamente, una tía suya, lady Caroline, padecía... una grave afección de cleptomanía. Claro que todos sus amigos lo sabían y nadie la censuró jamás. Su doncella devolvía las cucharillas, o lo que fuera, lo antes posible. ¿Me comprende?

—Sí. La tía de lady Runcorn era cleptómana. Muy interesante. Bien, ¿me permite que examine la caja de caudales?

Poco después, Poirot abría la caja para examinar su interior. Los estantes forrados de terciopelo nos miraron con sus vacías cuencas.

—La puerta no cierra bien —murmuró Poirot, moviéndola de un lado a otro—. ¿Por qué? ¡Caramba! ¿Qué tenemos aquí? ¡Un guante cogido del gozne! Un guante de hombre.

Lo tendió a Mr. Hardman.

—No es mío.

—¡Ajá! ¡Algo más! —Poirot extrajo un pequeño objeto del fondo de la caja.

Era una pitillera plana hecha de moaré negro.

—¡Mi pitillera! —gritó Mr. Hardman.

—¿Suya? No, señor. Éstas no son sus iniciales.

Le enseñó dos letras de platino entrelazadas.

Hardman la cogió.

—Tiene usted razón. Es muy parecida a la mía, pero las iniciales son distintas. Una *B* y una *P*. ¡Cielos! ¡Es de Parker!

—Un joven muy descuidado, especialmente si el guante es suyo también —dijo Poirot—. Una doble pista. ¿No le parece?

—¡Bernard Parker! —murmuró Hardman—. ¡Qué alivio! Bien, monsieur Poirot, espero que recupere las joyas. Recurra a la policía si lo considera necesario. Claro, siempre que esté seguro de su culpabilidad.

—¿Ve, amigo mío? —me dijo Poirot mientras salíamos de la casa—. Hardman mide con una vara a los nobles y con otra a los plebeyos. Yo aún no he sido agraciado con un título, por lo tanto estoy en el bando de los últimos. Eso hace que me sienta inclinado favorablemente hacia el joven Parker. Cuando Hardman sospecha de lady Runcorn, de la condesa y de Johnston, resulta que hay pruebas contrarias a nuestro hombre.

—Y usted, ¿por qué sospecha de los otros dos?

—*Parbleu!* Es muy fácil ser una condesa rusa exiliada y un millonario sudafricano. Cualquier mujer puede llamarse a sí misma condesa y nada prohíbe que un hombre adquiera una casa en

Park Lane y se diga millonario sudafricano. ¿Quién va a contradecirlos? Estamos en la calle Bury. Nuestro descuidado joven vive aquí. Como se suele decir, golpeemos el hierro aún caliente.

Parker estaba en casa. Lo encontramos reclinado sobre almohadones, con un llamativo batín púrpura y naranja. Raras veces he sentido tan desagradable impresión como la experimentada al ver a ese joven de rostro blanco, afeminado y de lenguaje pomposo.

—Buenos días, monsieur —dijo Poirot—. Vengo de casa de Mr. Hardman. Ayer, durante la fiesta, alguien robó todas sus joyas. Dígame, ¿este guante es suyo?

Los reflejos del joven parecían embotados. Necesitó demasiado tiempo para estudiarlo, como si tratase de ganar minutos para así ordenar sus ideas.

Al fin preguntó:

—¿Dónde lo encontró?

—¿Es suyo, monsieur?

Mr. Parker se decidió:

—No, no lo es.

—¿Y esta pitillera es suya?

—Tampoco. Siempre llevo una de plata.

—Muy bien, monsieur. Pondré el asunto en manos de la policía.

—¡Yo no haría eso si fuese usted! —gritó Parker—. ¡Recurrir a una gente tan antipática! Espere un poco. Iré a ver al viejo Hardman.

Seguí a Poirot, que se marchó sin hacerle caso.

—Le hemos dado algo en qué pensar —se rió—. Mañana sabremos lo ocurrido.

Sin embargo, el destino se empeñó en recordar el asunto Hardman aquella tarde. Sin previa advertencia, la puerta se abrió para dar paso a un torbellino en forma de mujer que vino a romper nuestra intimidad, trayendo consigo el remolino de una capa de abrigo (el tiempo era todo lo frío que puede ser un británico día de junio) y un sombrero exuberante de plumas maltratadas. La condesa Vera Rossakoff tenía una personalidad realmente turbadora.

—¿Es usted monsieur Poirot? ¿Cómo se atreve a culpar a ese pobre muchacho? ¡Es una infamia! Ese joven es un polluelo, un cordero. ¡Jamás robaría! No pienso permitir que sea martirizado.

—Dígame, madame, ¿esta pitillera es de él? —Poirot le enseñó la pitillera de moaré negro.

La condesa empleó un momento en inspeccionarla.

—Sí, es suya. La conozco muy bien. ¿Y qué? ¿La encontró en casa de Mr. Hardman? Debió de perderla allí. Ustedes, los policías, son peores que la guardia roja.

—¿Es suyo este guante?

—¿Cómo voy a saberlo? Un guante se parece mucho a otro. Eso no justifica que se le prive de libertad. Tienen que aclarar su inocencia. ¿Lo hará usted? Venderé mis joyas y le pagaré bien por ello.

—¡Madame!

—¿De acuerdo, pues? No, no discuta. ¡Pobre

muchacho! Vino a mí con lágrimas en los ojos. «Yo le salvaré —le dije—. ¡Iré a ver a ese hombre, a ese ogro, a ese monstruo! Deja eso en manos de Vera.» Ahora ya está resuelto. Me voy.

Con la misma ceremonia con que había entrado, desapareció de la habitación, dejando un intenso perfume exótico tras sí.

—¡Vaya mujer! —exclamé—. ¡Y qué pieles lleva!

—Sí, son auténticas, Hastings, y ella seguramente es rusa. ¿Podría tener una falsa condesa pieles auténticas? Es broma, Hastings... No, es una rusa auténtica, supongo. Bueno, bueno, con que el gran Bernard fue a lloriquearle. Bien, bien, ahora resulta que nuestro joven fue a llorarle a ella.

—La pitillera es de él. Me gustaría saber si también lo es el guante.

Con una sonrisa, Poirot se sacó del bolsillo un segundo guante y lo dejó junto al primero.

Obviamente, se trataba del mismo par de guantes.

—¿Dónde lo consiguió, Poirot?

—Estaba con un bastón sobre la mesa del vestíbulo en la calle Bury. De veras, monsieur Parker es un joven muy descuidado. Bien, bien, *mon ami*. Sólo para cubrir el expediente, haremos una visita a Park Lane.

Acompañé a mi amigo. Johnston no estaba, pero sí su secretario particular. Éste nos dijo que Johnston hacía poco que había regresado de Sudáfrica. En realidad, nunca había estado antes en Inglaterra.

—¿Le interesan las piedras preciosas? —preguntó Poirot.

—Las minas de oro, en todo caso —se rió el secretario.

Poirot salió de la entrevista pensativo. Aquella noche lo encontré estudiando afanosamente una gramática rusa.

—¡Cielos Poirot! ¿Aprende ruso para conversar con la condesa en su propio idioma?

—Ciertamente no entendería mi inglés, amigo mío.

—Los rusos de buena cuna hablan francés —dije yo.

—Es usted una mina de información, Hastings. Bien, renunciaré a los laberintos del alfabeto ruso.

Tiró el libro con gesto dramático. A mí no me satisfizo su modo de obrar, si bien advertí su peculiar parpadeo, signo inequívoco de que se hallaba satisfecho consigo mismo.

—¿Duda de que realmente sea rusa? ¿Piensa comprobarlo? —pregunté.

—Sé que es rusa.

—¿Cómo lo sabe?

—Si quiere distinguirlo personalmente, Hastings, le recomiendo *Primeros pasos en el ruso*, es una ayuda valiosísima.

Luego se rió y ya no dijo nada más. Recogí el libro del suelo y me puse a curiosearlo, pero fui incapaz de sacar nada en claro.

Durante la siguiente mañana no hubieron noticias nuevas. Esto no pareció preocupar a mi amigo. A la hora del desayuno, me anunció su intención de que visitáramos a Mr. Hardman. Lo encontramos en su casa con aspecto más tranquilo que el día anterior.

—Bien, monsieur Poirot, ¿hay noticias? —preguntó ansioso.

Poirot le tendió una hoja de papel.

—Aquí tiene escrito el nombre de la persona que robó las joyas. ¿Pongo el asunto en manos de la policía? ¿O prefiere usted que recupere las joyas sin que intervengan los estamentos oficiales?

Mr. Hardman miraba el papel. Al fin dijo:

—¡Sorprendente! Prefiero evitar un posible escándalo. Le concedo *carte blanche,* monsieur Poirot. Estoy seguro de que será discreto.

Un taxi nos condujo al hotel Carlton, donde Poirot se hizo anunciar a la condesa Rossakoff. Minutos después nos hallábamos en sus dependencias.

La condesa salió a nuestro encuentro con las manos extendidas, envuelta en un bello conjunto de dibujos primitivos.

—¡Monsieur Poirot! —exclamó—. ¿Lo ha conseguido? ¿Está ya libre de acusación el pobre chiquillo?

—*Madame la comtesse,* su amigo Mr. Parker es inocente.

—¡Es usted un hombrecillo inteligente! ¡Soberbio! Y además, muy rápido.

—También he prometido a Mr. Hardman que las joyas le serán devueltas hoy.

—¿Ah, sí?

—Madame, le agradecería muchísimo que me las entregase sin demora. Lamento tener que presionarla, pero me espera un taxi por si es necesario ir a Scotland Yard. Nosotros los belgas, madame, practicamos ese deporte que se llama economía.

La condesa había encendido un cigarrillo. Durante unos segundos permaneció inmóvil, soltando anillas de humo con los ojos fijos en Poirot. Luego estalló en carcajadas, se levantó y, tras llegarse hasta su secreter, abrió un cajón y sacó un bolso de seda negro que echó a Poirot.

El tono de su voz fue suave y con cierto deje de indiferencia.

—Nosotros, los rusos, por el contrario, practicamos la prodigalidad. Y para esto, desgraciadamente, se necesita dinero. No es preciso que mire su interior. Están todas.

Poirot se levantó.

—La felicito, madame, por su inteligencia y prontitud.

—Puesto que le aguarda un taxi, ¿puedo ayudarle...?

—Es usted muy amable, madame. ¿Se queda mucho tiempo en Londres?

—Temo que no, por culpa de usted.

—Acepte mis excusas.

—¿Nos veremos en otra ocasión?

—Así lo espero.

—Yo no lo deseo —exclamó la condesa riéndose—. Quiero hacerle un gran cumplido: hay muy pocos hombres en el mundo a quienes yo tema. Adiós, monsieur Poirot.

—Adiós, *madame la comtesse*. Ah, disculpe, me olvidaba: permítame que le devuelva su pitillera.

Y con una inclinación, le entregó la pequeña pitillera negra de moaré que habíamos hallado en la caja. La aceptó sin modificar en nada su expresión, salvo una ceja levantada al murmurar:

—Comprendo.

—¡Vaya mujer! —gritó Poirot entusiasmado mientras descendíamos las escaleras—. *Mon Dieu, quelle femme!* ¡Ni una palabra de protesta, ni una exclamación de sorpresa! Una mirada y ya ha sabido cuál era su situación. Hastings, una mujer que encaja la derrota con una sonrisa llega muy lejos. Es peligrosa, tiene los nervios de acero.

Su entusiasmo no le permitió ver dónde pisaba y su tropezón fue más que aparatoso.

—Será mejor que modere sus ánimos y mire dónde pisa —sugerí—. ¿Cuándo sospechó de la condesa?

—*Mon ami*, el guante *y* la pitillera constituían una doble pista demasiado clara. Bernard Parker podía extraviar una de las dos cosas, pero no ambas. Por otra parte, si alguien hubiese intentado que las sospechas recayesen sobre Parker, con una sola tenía suficiente: la pitillera *o* el guante.

Eso me llevó a la conclusión de que uno de los dos objetos no era de él.

»Al principio le supuse dueño de la pitillera. Ahora bien, tan pronto supe que el guante era suyo, intuí a quién pertenecía la otra pieza. ¿De quién era, pues, la pitillera? Lady Runcorn quedó descartada en el acto ya que las iniciales no coincidían. ¿Mr. Johnston? Sólo si utilizaba un nombre falso. Sin embargo, la entrevista que sostuvimos con su secretario me proporcionó la evidencia de su situación legal. Luego, Mr. Johnston nada tenía que ver con el asunto.

»¿La condesa, pues? Ella había traído joyas de Rusia y le bastaba con sacar las piedras de sus monturas. Realmente hubiera sido muy difícil reconocerlas luego.

»Nada más fácil para la condesa que apropiarse de uno de los guantes de Parker, dejados en el vestíbulo aquel día, y olvidárselo en la caja. Claro que no tuvo el propósito de abandonar también su propia pitillera.

—Pero si la pitillera es suya, ¿por qué tiene las iniciales «B. P.»? Las suyas son «V. R.».

Poirot se sonrió.

—Exacto, *mon ami*. Sólo que en el alfabeto ruso, B es V y P es R.

—¡Oh! ¿No esperaría que yo adivinase eso? No sé ruso.

—Ni yo, Hastings. Por ello compré aquel librito... y le sugerí que lo repasase.

Suspiré, vencido una vez más.

Después de un breve silencio, Poirot continuó:

—¡Una mujer extraordinaria! Tengo un presentimiento, amigo mío. Sí, presiento que volveré a encontrármela en algún lugar. Me pregunto dónde.

Capítulo V

SANTUARIO

La esposa del pastor dobló la esquina de la rectoría con los brazos llenos de crisantemos. Sus gruesos zapatos mostraban huellas inequívocas de su estancia en el jardín, pues aparecían manchados de barro, e incluso su nariz lucía alguna muestra de la fértil tierra, si bien ella no se había dado cuenta.

Le costó abrir la verja que, medio oxidada, pendía fuera de sus goznes. Una ráfaga de aire hizo que su maltrecho sombrero adoptase una postura de mayor descuido.

—¡Qué lata! —exclamó Bunch.

El optimismo indujo a sus padres a bautizarla con el nombre de Diana. Pero Mrs. Harmon había sido conocida por Bunch desde su más tierna edad y nunca más dejó de llamarse así. Abrazada a sus crisantemos, cruzó la verja y el camposanto hasta la puerta de la iglesia.

El aire de noviembre era leve y húmedo. Las

nubes corrían por el cielo, mostrando algún que otro paraje azul. La oscuridad y el frío eran la nota predominante en el interior de la nave, donde la calefacción se encendía sólo a las horas del servicio religioso.

—¡Brrr! Será mejor que termine ahora mismo o moriré congelada —murmuró.

Con esa rapidez que da la práctica, recogió los diversos jarros destinados a las flores. «Me gustaría que tuviésemos lirios —pensó—. ¡Me cansan los crisantemos!» Sus diestros dedos arreglaron los tallos en los respectivos envases.

Ni la originalidad ni el arte lucían en la disposición de las flores. Bunch Harmon nunca había sido original ni artista. No obstante, eran un adorno casero muy agradable. Cogió los jarros con sumo cuidado y se encaminó al altar. Entonces salió el sol.

Los rayos penetraron a través de la vidriera situada en el lado este, cuyos cristales de color azul y rojo, donativo de un rico feligrés victoriano, refulgieron con repentina opulencia. «Parecen joyas», pensó Bunch.

De pronto se detuvo y sus ojos quedaron fijos en los peldaños del presbiterio, donde yacía una forma oscura.

Dejó las flores en el suelo, ascendió los peldaños y se inclinó sobre el hombre tendido. Luego se arrodilló a su lado y lenta, cuidadosamente, le dio la vuelta. Sus dedos buscaron el pulso en una de las muñecas y lo halló tan débil como significativa la verdosa palidez del rostro. Sin duda alguna, el hombre se estaba muriendo.

Tendría unos cuarenta y cinco años y llevaba puesto un traje oscuro no muy limpio. Bunch soltó la fláccida mano que había levantado y miró la otra, que parecía cerrada sobre el pecho. Un examen más detenido le permitió ver que aprisionaba un pañuelo. En la mano se observaban también algunas salpicaduras de color castaño seco, que supuso serían de sangre coagulada.

Bunch se sentó sobre sus talones con el ceño fruncido.

Hasta entonces los ojos del hombre habían permanecido cerrados, pero en aquel momento los abrió para fijarlos en el rostro de ella. Aquellas pupilas la miraron sin el más leve atisbo vidrioso. Eran unos ojos llenos de vida e inteligencia. Los labios del desconocido se movieron y Bunch se inclinó para oír las palabras o, más bien, la palabra, pues sólo pronunció una.

—*Santuario*.

Creyó percibir una desmayada sonrisa en el moribundo que, pasado un momento, volvió a repetir:

—Santuario.

Tras un largo y débil suspiro, cerró de nuevo los párpados. Una vez más, los dedos femeninos buscaron el pulso. Lo encontró, si bien más débil e intermitente. Se levantó decidida.

—No se mueva. No intente hacerlo. Voy en busca de ayuda.

Los ojos del hombre se abrieron otra vez, si bien parecieron fijarse en la colorida luz de la vidriera. Murmuró algo que ella no logró captar. Sobresaltada, pensó en que tal vez nombrara a su marido.

—¿Julian? —preguntó—. ¿Vino usted en busca de Julian?

No obtuvo respuesta. El hombre tenía los ojos cerrados y su respiración se hizo más lenta y superficial.

Bunch salió presurosa del templo. Miró su reloj y le satisfizo comprobar que el doctor Griffiths estaría en su consultorio, sólo a un par de minutos de distancia. Entró sin llamar.

—Doctor, venga en seguida. Hay un moribundo en la iglesia.

Minutos más tarde el doctor Griffiths se alzaba del suelo, después de examinar al herido.

—¿Podemos trasladarlo a la rectoría? Allí lo atenderé mejor, si bien temo que sea inútil.

—Claro que sí. Iré a disponer las cosas. Le enviaré a Harper y Jones, que le ayudarán a trasladarlo.

—Gracias. Telefonearé pidiendo una ambulancia, aunque me temo que...

La frase quedó inconclusa. Bunch preguntó:

—¿Hemorragia interna?

El doctor Griffiths asintió:

—¿Cómo diablos llegó aquí?

—Supongo que lleva aquí toda la noche. Harper abre la iglesia por la mañana al irse al trabajo, si bien por regla general no entra.

Cinco minutos más tarde, el doctor Griffiths dejaba el auricular en su soporte para regresar al cuarto donde el herido yacía sobre sábanas encima de un sofá.

Bunch le trajo una palangana llena de agua y las demás cosas para la cura de urgencia.

—Bien, ya está —dijo Griffiths—. He pedido una ambulancia y lo he comunicado a la policía.

Con el ceño fruncido, contempló al paciente, que seguía con los ojos cerrados. El hombre se pasaba la mano izquierda por encima de la herida.

—Le dispararon un tiro —explicó el doctor—. Un disparo a corta distancia.

Hizo una pelota con el pañuelo y se la aplicó para evitar la hemorragia.

—¿Cree usted que pudo andar mucho después de eso? —preguntó Bunch.

—Sí. Es muy posible. Conocía a un hombre mortalmente herido que recorrió una gran distancia como si no tuviera nada. Luego, de repente, se cayó al suelo. Quizás lo hayan herido lejos de la iglesia. Claro que también pudo dispararse él mismo, tirar el arma y encaminarse a la iglesia. Lo que no entiendo es por qué entró en el templo y no en la rectoría.

—Eso lo sé yo —explicó Bunch—. Él pronunció la palabra «santuario».

El doctor la miró sorprendido.

—¿Santuario?

—Ahí llega Julian —la mujer volvió la cabeza al

oír los pasos de su marido en el vestíbulo—. ¡Julian! Ven.

El reverendo Julian Harmon entró en la habitación. El pastor aparentaba más años de los que tenía.

—¡Dios mío! —exclamó mirando la figura que había en el sofá y los utensilios quirúrgicos.

La esposa le explicó lo sucedido con su peculiar economía de palabras.

—Estaba en la iglesia. Le han disparado un tiro. ¿Lo conoces, Julian? Me pareció oírle decir tu nombre.

El pastor se acercó al sofá y miró al moribundo.

—¡Pobre muchacho! —sacudió la cabeza—. No, no lo conozco. Estoy casi seguro de no haberlo visto en mi vida.

El herido abrió los ojos y miró al médico, luego a Julian Harmon y después a su esposa. Los ojos se quedaron fijos en el rostro de ella. El doctor Griffiths se apresuró a decirle:

—¡Cuéntenos lo sucedido!

El hombre exclamó con voz débil:

—Por favor, *por favor*...

Y tras un ligero estertor, murió.

El sargento Hayes humedeció el lápiz en su boca y pasó la hoja del libro de notas.

—¿Esto es cuanto puede contarme, Mrs. Harmon?

—Sólo esto. Aquí tiene todo lo que llevaba en los bolsillos de la americana.

En la mesa, junto al codo del sargento, había una cartera, un viejo reloj con las iniciales «W, S.» y un billete de regreso a Londres.

—¿Saben ya quién es? —preguntó Bunch.

—Un tal Eccles y su mujer han telefoneado a la comisaría. Según parece es el hermano de ella, Sandbourne, se llamaba. El difunto hace tiempo que tenía una salud precaria y padecía de los nervios. Últimamente se hallaba peor. Anteayer se marchó de su casa y no regresó. Llevaba un revólver.

—¿Y vino aquí a matarse? —preguntó Bunch—. ¿Por qué?

—Parece ser que sufría una fuerte depresión.

Bunch le interrumpió:

—No me refiero a eso. Quiero decir, ¿por qué aquí, en la iglesia?

Evidentemente, el sargento Hayes desconocía la respuesta.

—Llegó en el autobús de las 5.10 —explicó.

—Pero, *¿por qué?* —insistió ella.

—Lo ignoro, Mrs. Harmon. ¿Quién lo sabe? Si la mente no responde...

Bunch acabó la frase por él.

—Pudo hacerlo en cualquier parte. Aun así, me parece innecesario coger el autobús y venir a un sitio apartado como éste. ¿No conocía a ningún vecino de aquí, verdad?

—No, según las averiguaciones hechas —informó el sargento Hayes, que tosió a modo de excusa y añadió mientras se ponía de pie—: Podría ser que los señores Eccles vinieran a verla, señora, si a usted no le importa.

—Claro que no me importa. Es muy lógico. Si bien no tengo nada que decirles.

—Me voy —dijo el sargento.

—De todos modos, me alegro de saber que no se trata de un asesinato.

Un coche se acercaba a la rectoría. El sargento Hayes lo observó antes de aventurar:

—Quizás sean los señores Eccles.

Bunch tuvo un presentimiento de que iba a pasar una prueba difícil. «No obstante —se dijo—, si lo necesito, llamaré a Julian y que me ayude. Un clérigo es un gran auxiliar cuando la gente está apesadumbrada.»

No había pensado en cómo serían los señores Eccles. Quizás por ello, al saludarlos, se sintió sorprendida. Mr. Eccles era un hombre robusto, de natural alegre y ocurrente. La señora poseía unos ojos vivarachos, su boca era pequeña, con el labio inferior hacia arriba y la voz fina y aguda.

—Para nosotros ha sido un golpe terrible, Mrs. Harmon —dijo Mrs. Eccles—. Ya puede imaginárselo.

—Desde luego —contestó Bunch—. Siéntense, por favor. ¿Aceptarían...? Quizás sea algo pronto para el té...

Mr. Eccles agitó una mano.

—No, no se moleste por nosotros. Es usted muy

amable. Sólo deseamos que nos cuente lo que le dijo el pobre William y demás detalles, ¿comprende?

—El pobre estuvo en el extranjero mucho tiempo —explicó Mrs. Eccles—. Allí debió de vivir experiencias desagradables. Desde que volvió a casa le gustaba la quietud y se sentía deprimido. Según él, no había nada en el mundo digno de vivirse. ¡Pobre Bill, siempre tan triste!

Bunch, sin hablar, los contempló un momento.

—Se llevó el revólver de mi marido —continuó Mrs. Eccles— sin que lo supiéramos. Parece ser que vino aquí en autobús. Supongo que lo hizo en atención a nosotros.

—¡Pobre muchacho! ¡Pobre muchacho! —repitió Mr. Eccles entre suspiros—. No se le puede condenar por eso —después de una corta pausa, preguntó—: ¿Dijo algo antes de morir?

Sus pequeños y brillantes ojillos miraban atentos a Bunch. Su esposa se inclinó ansiosa de oír la respuesta.

—Vino a la iglesia al sentirse moribundo, como si buscase refugio en un santuario.

Mrs. Eccles, sorprendida, exclamó:

—¿Santuario? No comprendo.

Su esposo aclaró:

—Lugar santo, querida mía. A eso se refiere la esposa del vicario. El suicidio es un pecado mortal. Y, tal vez arrepentido, quiso pedir perdón.

—Intentó hablar antes de morir —explicó Bunch—. Dijo «por favor», pero no pudo seguir.

Mrs. Eccles se llevó el pañuelo a los ojos y sollozó.

—Vamos, vamos, Pam, no llores —la consoló su esposo—. Ya no tiene remedio. ¡Pobre Willie! Sólo me consuela que ahora está en paz —y dirigiéndose a Bunch—. Muchísimas gracias, Mrs. Harmon. Disculpe las molestias.

La esposa de un vicario siempre está ocupadísima.

Le estrecharon la mano. Ya se iban, cuando Mr. Eccles se volvió para decir:

—Por favor, creo que tiene su americana aquí, ¿verdad?

—¿Su americana? —Bunch frunció el ceño.

Intervino Mrs. Eccles.

—Nos gustaría recoger sus cosas.

—Llevaba encima un reloj, una cartera y un billete de ferrocarril —dijo Bunch—. Se los di al sargento Hayes.

—Gracias —contestó Mr. Eccles—. Supongo que nos lo va a entregar. Su documentación estaría en la cartera.

—No, sólo un billete de una libra.

—¿No guardaba ninguna carta o nota?

Bunch sacudió la cabeza.

—Gracias otra vez, Mrs. Harmon. La americana, ¿también se la llevó el sargento?

La esposa del clérigo frunció el ceño, como si intentase recordar.

—No, creo que no... El doctor y yo le quitamos la americana para examinar su herida —miró a su alrededor—. Me la habré llevado arriba con las toallas.

—Mrs. Harmon, si no le importa, nos gustaría llevárnosla. Es la última prenda que se puso. Compréndalo, es un capricho sentimental.

—Naturalmente que sí. ¿No prefieren que la limpie primero? Temo que esté... manchada.

—Oh, no. Eso no importa.

—No sé dónde la he puesto. Un momento, por favor.

Bunch subió la escalera y tardó varios minutos en regresar.

—Perdonen —explicó sin aliento—, es que la mujer de la limpieza la había puesto con otras ropas para la lavandería. He tenido que buscarla. La envolveré.

Sin hacer caso de las protestas de Mrs. Eccles, así lo hizo. Luego volvieron a saludarse y el matrimonio se marchó.

Bunch cruzó el vestíbulo y entró en el despacho parroquial. El reverendo Julian Harmon alzó la vista. En aquel momento, preparaba un sermón sobre las relaciones políticas entre Judea y Persia durante el reinado de Ciro.

—¿Qué hay, Bunch? —preguntó afable.

—Julian, ¿qué significa exactamente *santuario*?

Harmon apartó un poco el papel donde escribía el sermón.

—Santuario, en los templos romanos y griegos, se llamaba a la *cella* donde permanecía la estatua de un dios. La palabra latina altar, «*ara*», significa protección. En 339 d.C. la palabra santuario fue incorporada a las denominaciones de las iglesias cristianas. En Inglaterra, aparece reconocida oficialmente en las leyes emitidas por Etherbert en el año 600 d.C.

El hombre se extendió en su erudita exposición y, como siempre, se sintió desconcertado ante la sumisa atención de su esposa.

—Querido, *eres* un ángel.

Luego le besó la punta de la nariz y él se lo agradeció como el perro a quien dan un hueso después de una hazaña ejemplar.

—Los Eccles han estado aquí.

Harmon frunció el ceño.

—¿Los Eccles? No recuerdo...

—No los conoces. Son los hermanos del hombre que apareció herido en la iglesia. ¡Señor! ¡Es terrible! —exclamó.

—Querida, ¿por qué no me llamaste?

—No hubo necesidad. No precisaban consuelo. Por cierto, que me extraña eso. Oye, si pongo la cacerola en el horno mañana, ¿te arreglarás solo? Necesito ir a Londres a ver unas oportunidades.

—¿Oportunidades? —exclamo interrogativo.

Ella se rió.

—Hay una venta especial de ropa blanca en los almacenes Burrows & Portman. Sábanas, mantelerías, toallas y paños de cocina. No sé qué hacemos con los paños de cocina. Desaparecen como por arte de magia. Además —añadió pensativa—, deseo visitar a tía Jane.

La dulce y anciana miss Jane Marple gozaba las delicias de la metrópoli confortablemente instalada en el piso-estudio de su sobrino.

—Raymond es muy amable —dijo—. Antes de irse con Joan a América, donde estarán dos semanas, insistió en que viniese a instalarme aquí. Y ahora, querida, explícame eso que te preocupa.

Bunch era la ahijada predilecta de miss Marple. Ésta la observaba con afecto mientras ella se echaba atrás el sombrero, dispuesta a contarle su historia.

El relato de Bunch, conciso y claro, hacía que miss Marple asintiera de cuando en cuando.

—Comprendo —dijo.

—Tía Jane, necesitaba contártelo. No soy muy inteligente y...

—Tú *eres* inteligente, querida.

—No. En eso no me parezco a Julian.

—Tu marido posee un intelecto muy sólido —dijo miss Marple.

—Eso es —corroboró Bunch—. Julian posee intelecto y yo *sentido común*.

—Sí, Bunch. Y, además, eres muy inteligente.

—No sé qué hacer, tía. Y no me gusta preguntar sobre estas cosas a Julian. ¡Es tan puritano en su rectitud!

La observación fue perfectamente comprendida por miss Marple, quien dijo:

—Tienes razón, querida. Nosotras, las mujeres, somos distintas. Bien, me has explicado el suceso, pero me gustaría saber cuál es tu opinión de todo eso.

—Para mí es muy confuso —dijo Bunch—. El moribundo de la iglesia sabía muy bien todo lo relativo al santuario. Pronunció la palabra como lo hubiera hecho Julian. Quiero decir que era un hombre culto y educado. De haberse suicidado, no creo que viniese a la iglesia sólo para decir «santuario». Santuario significa salvación para los perseguidos. Sus enemigos no pueden tocarlo una vez que se refugia en el templo. Incluso en épocas remotas ni la propia ley podía hacerlo.

Miró interrogativa a miss Marple, que asintió con la cabeza. Luego continuó:

—El matrimonio Eccles es totalmente distinto. Son ignorantes y groseros. El reloj del difunto tenía las iniciales «W. S.», pero en el interior, con letra muy pequeña, había inscrito: «A. Walter, de su padre», y una fecha. Los Eccles, al nombrarlo, lo llamaban William o por su diminutivo Bill.

Miss Marple pareció dispuesta a interrumpirla, pero no lo hizo. Bunch continuó:

—Ya sé que a veces no se llama a uno por su nombre de pila. A algunos, al bautizarlos, les ponen William y luego los llaman «Gordito», «Zanahoria» o algo parecido. Pero la propia hermana no le llamaría William o Bill si era *Walter*.

—¿Sospechas que no eran hermanos?

—Estoy convencida de ello. Ese matrimonio me resultó antipático. Vinieron a la rectoría a recoger las cosas del difunto y averiguar qué había dicho antes de morir. Cuando les expliqué su silencio, advertí algo así como alivio en sus rostros. Yo sospecho que fue Eccles quien disparó contra él.

—¿Tú crees que lo asesinaron?

—Sí. Por eso vine a verte, querida.

Las sospechas de Bunch hubieran sido exageradas para un oyente inexperto, pero miss Marple gozaba de una bien merecida reputación en cuanto a resolver casos de esta índole.

—Antes de morir, me dijo: «Por favor.» Eso evidencia su deseo de que hiciese algo por él. Pero no tengo la más remota idea de qué.

Miss Marple reflexionó un momento y luego efectuó la misma pregunta que antes se hiciese Bunch:

—¿Por qué fue allí?

—¿Insinúas que si uno necesita un santuario puede entrar en cualquier iglesia y que, por lo tanto, no pensaba tomar un autobús que sólo va cuatro veces al día a un lugar solitario como es el nuestro?

—No, querida. Él debió ir allí con algún fin. Tal vez su propósito era ver a alguien. Chipping Cleghorn no es un pueblo grande, Bunch, y es fácil averiguar a quién pensaba ir a ver.

Bunch pensó en todos los habitantes del pueblo y al fin sacudió la cabeza.

—Pudo ser cualquiera de ellos.

—¿No mencionó ningún nombre?

—Julian, o al menos eso creí. También pudo ser

Julia, pero, que yo sepa, no vive ninguna Julia en Chipping Cleghorn.

Rememoró la escena en su mente. El hombre tendido en los peldaños del presbiterio, la luz de la vidriera roja y azul como una explosión de joyas...

—¡Joyas! —gritó Bunch de repente—. Quizás fue eso. Los rayos del sol se descomponían en los cristales con reflejos de joyas rojas y azules.

—Joyas —repitió dudosa miss Marple.

—Ahora viene lo más importante —dijo Bunch—: la causa que me trajo a verte. Los Eccles tuvieron gran interés en llevarse la chaqueta del muerto, vieja y deslucida. No, nada justificaba el interés de ellos, aunque hablasen de sentimentalismos.

»De todos modos fui por ella y, mientras subía la escalera, recordé que él había intentado buscar algo. Eso me indujo a examinarla cuidadosamente y encontré un ángulo del forro cosido con hilo distinto. Lo descosí y saqué un papel que había oculto allí. Luego cosí el forro con el hilo adecuado para evitar que los Eccles sospechasen de mí. No es fácil que sospechen, si bien no estoy muy segura. Cuando les entregué la chaqueta, me excusé por el retraso.

—¿Y el papel? —preguntó miss Marple.

Bunch abrió su bolso.

—No quise mostrárselo a Julian, pues me hubiera dicho que pertenecía a los Eccles. Y pensé que era mejor traértelo.

—Un resguardo de consigna —dijo miss Marple examinándolo—. Estación Paddington.

—En un bolsillo tenía un billete de regreso para Paddington —explicó Bunch.

Los ojos de las dos mujeres se encontraron.

—Eso invita a la acción —dijo animada miss Marple—. Claro que debemos obrar con mucha precaución. ¿Observaste, querida Bunch, si algún extraño te ha seguido en tu venida a Londres?

—¿Seguirme? —exclamó perpleja Mrs. Harmon.

—Está dentro *de lo posible*, querida. Y cuando una cosa es posible conviene que adoptemos precauciones. —La anciana se levantó con una viveza impropia a su edad—. Has venido a Londres con el propósito de ir de compras. Por lo tanto, lo acertado es ir de compras las dos. Antes haremos unos arreglos. De momento, no necesito el viejo abrigo que tiene el cuello de castor.

Hora y media más tarde, ambas mujeres, vestidas con sencillez y llevando sendos paquetes de ropa blanca recién comprada, se acomodaron en un pequeño restaurante llamado Apple Bough para restablecer fuerzas a base de filetes de carne, pudding de riñón, tarta de manzanas y flan.

—Desde luego, la calidad de las toallas es la de antes de la guerra —dijo miss Marple—. Y con una «J» en ellas, además. Por fortuna, la esposa de Raymond se llama Joan. Las guardaré si no las preciso, así le servirán a ella si me muero antes de lo que espero.

—Yo necesitaba los paños de cocina —dijo Bunch—. Y han resultado muy baratos, aunque no tanto como los que me robó la pelirroja.

Una elegante joven con un ligero toque de pintalabios entró en el Apple Bough. Tras mirar a su alrededor, se dirigió a su mesa y dejó un sobre junto al codo de miss Marple.

—Ahí lo tiene, señorita.

—Gracias, Gladys. Muchas gracias. Ha sido muy amable

—Me complace hacerle un favor. Ernie me dice siempre: «Todo lo bueno lo has aprendido de miss Marple, a quien serviste.» Estoy siempre a su disposición, señorita.

—Es encantadora —dijo la anciana a Bunch una vez que Gladys se hubo marchado—. Siempre dispuesta y amable.

Miró el interior del sobre y se lo pasó a Bunch.

—Ten mucho cuidado, querida. ¿Sigue allí aquel simpático inspector que recuerdo?

—No lo sé. Pero supongo que sí.

—No importa. Me queda el recurso de telefonear al inspector jefe. Creo que me recordará.

—¡Claro que sí! —afirmó Bunch—. Todos se acuerdan *de ti*. ¡Eres única! —se levantó.

Una vez en Paddington, Bunch fue a la consigna y mostró el resguardo. Poco después le daban una deslustrada maleta y se dirigió con ella al andén.

Durante el viaje de regreso, no tuvo ningún contratiempo. Llegada a Chipping Clerghorn, cogió la maleta y, al descender del coche, un hombre se la arrebató y huyó.

—¡Alto! —chilló Bunch—. ¡Deténganlo! ¡Deténganlo! ¡Se lleva mi maleta!

El portero de aquella estación rural era un hombre de reflejos lentos.

—Oiga, no puede hacer eso...

Su sermón fue cortado por un golpe en el estómago que lo echó a un lado y el otro salió de la estación encaminándose a un coche que lo aguardaba. Dejó la maleta en el interior del vehículo y se disponía a introducirse él mismo cuando una mano en su hombro lo inmovilizó y la voz del agente Abel dijo:

—¿Qué ocurre, amigo?

Bunch, que llegaba jadeando, gritó:

—¡Me ha quitado la maleta!

—¡Mentira! —gritó a su vez el detenido—. No comprendo qué pretende esta mujer. La maleta es mía y acabo de llegar en el tren.

—Bien, aclarémoslo —propuso el agente.

Nadie que hubiera observado la mirada bovina que el policía dirigía a Mrs. Harmon hubiera supuesto que ambos solían pasar largos ratos en la oficina del primero, charlando sobre abonos y rosales.

—¿Dice usted, señora, que la maleta es suya? —preguntó.

—Sí.

—¿Y usted, señor?

—Digo que es mía.

Se trataba de un hombre alto, moreno, bien vestido, de modales elegantes y voz cansina. Desde el interior del coche una voz de mujer dijo.

—¡Claro que es tuya, Edwin! ¿Qué se propone esta señora?

—Calma. Ya lo sabremos —exclamó el agente y, dirigiéndose a Bunch—: Si es suya, dígame qué efectos hay en su interior.

—Ropa. Un abrigo moteado con cuello de castor, dos jerseys de lana y un par de zapatos.

—Eso está claro —afirmó el guardián del orden—. Y usted, caballero, ¿qué dice?

—Soy modisto teatral —explicó no sin cierta suficiencia—. La maleta contiene prendas de teatro adquiridas para una función de aficionados.

—Conforme, señor. Bien, ahora será fácil saber a quién pertenece. ¿Prefieren ustedes que lo comprobemos en la comisaría o en la estación?

—De acuerdo. Me llamo Moss, Edwin Moss.

El agente recogió la maleta y todos regresaron al interior de la estación.

—Vamos a la consigna, George —explicó al portero.

Una vez allí, depositó la maleta sobre el mostrador y la abrió. Mientras, Bunch y Edwin Moss, uno a cada lado, se miraban agresivos.

—¡Ah! —exclamó el agente alzando la tapa.

Dentro, cuidadosamente doblado, había un deslustrado abrigo moteado con cuello de castor, dos jerseys de lana y un par de zapatos.

—Exactamente como usted dijo, señora —dijo el policía volviéndose a Bunch.

Nadie hubiese advertido el más leve nerviosismo en Edwin Moss, que reaccionó magníficamente.

—Excúseme, señora. Por favor, *excúseme* —suplicó—. Créame, siento mucho, muchísimo, mi imperdonable error —consultó su reloj—. Debo apresurarme. Mi maleta debe de estar en el tren que acaba de partir —recogió su sombrero e insistió—: Por favor, *perdóneme*.

Tan pronto estuvo fuera de la oficina de consigna, Mrs. Harmon preguntó al policía:

—¿Deja usted que se marche?

El agente le guiñó uno de aquellos ojos de mirada bovina.

—No irá muy lejos, señora.

—¡Ah! —exclamó Bunch comprensiva.

—Aquella anciana señora que estuvo aquí hace unos años ha telefoneado. Aún recuerdo la agudeza de su ingenio. Bueno, pues ha puesto en movimiento a todo el personal y no me extrañaría que el inspector o el sargento la visitasen a usted mañana por la mañana.

Fue el inspector Craddock, a quien se había referido miss Marple, el encargado de visitar a Bunch. El hombre la saludó con una sonrisa de viejo amigo.

—¿Crimen en Chipping Clerghorn otra vez? —preguntó alegre—. No podrá quejarse por falta de acontecimientos interesantes, Mrs. Harmon.

—Tendría suficiente con un plato menos fuerte — comentó ella—. ¿Ha venido a formularme preguntas o a informarse?

—Primero le diré unas cuantas cosas. A los señores Eccles se les busca desde hace tiempo. Se sospecha que están implicados en varios robos cometidos en esta región. Por otra parte, Mrs. Eccles tiene un hermano llamado Sandbourne que regresó hace poco del extranjero. Pero el hombre que usted halló moribundo en la iglesia no era Sandbourne.

—Sabía eso —explicó Bunch—. Su nombre era Walter y no William.

El inspector asintió.

—Sí, Walter St. John, escapado de la prisión de Charrington cuarenta y ocho horas antes de aparecer por aquí.

—Comprendo —susurró Bunch—. Un fugitivo de la ley que trató de acogerse a la protección del santuario. ¿Qué había hecho?

—Retrocedamos a un tiempo pasado. Es una historia complicada. Hace algunos años cierta bailarina que actuaba en locales nocturnos, quizás usted no haya oído hablar de ella, se especializó en un tema oriental: «Aladino en la cueva de las joyas». Lucía pedrería de baratillo y poca cosa más; no era muy buena, aunque sí atractiva. Un día la vio un caballero asiático y se enamoró locamente de ella.

»Entre otras cosas, le regaló un magnífico collar de esmeraldas.

—¿Joyas auténticas de un rajá? —preguntó excitada Bunch.

El inspector carraspeó antes de responder:

—Bueno, algo parecido, Mrs. Harmon. El asunto no duró mucho, pues una actriz cinematográfica le robó el favor del potentado.

»Zobeida, nombre artístico de la bailarina, se puso el collar un día y se lo robaron. Desapareció de su camerino. Sin embargo, se sospechó que ella misma lo había hecho desaparecer. Ya sabe usted cómo son los artistas cuando buscan publicidad. Claro que no se descarta la posibilidad de otros motivos deshonestos.

»El collar no fue recuperado. Ahora bien, la policía sospechó, no sin fundamento, de Walter St. John, hombre educado y de buena cuna, venido a menos y empleado de joyería en una empresa sospechosa de comerciar con joyas robadas.

»Pero su detención y encarcelamiento se debió a un delito de robo posterior. En realidad, causó sorpresa su evasión, ya que le faltaba muy poco para cumplir su condena.

—¿Por qué vino aquí?

—Nos gustaría saberlo, Mrs. Harmon. Todo indica que primero estuvo en Londres. Y si bien no visitó a ninguno de sus antiguos conocidos, sí a una anciana llamada Jacobs. Pero algunos vecinos informaron que el hombre se marchó de la casa llevándose una maleta.

—Y luego la depositó en la consigna de Paddington —aventuró Bunch— y se trasladó aquí.

El inspector asintió antes de continuar.

—Eccles y Edwin Moss seguían su pista. Cuando subió al autobús, se adelantaron en coche y lo aguardaron.

—Y entonces lo asesinaron —concluyó Mrs. Harmon.

—Sí. Usaron el revólver de Eccles, si bien imagino que fue Moss. Ahora, Mrs. Harmon, queremos saber dónde está la maleta que Walter St. John depositó en la estación de Paddington.

Bunch emitió una risita.

—Espero que tía Jane la tenga ahora. Me refiero a miss Marple. Su plan consistió en mandar a una antigua sirvienta suya con una maleta llena de prendas de viaje a la consigna de Paddington. Luego intercambiamos los resguardos. Por eso traje conmigo su maleta. Ella intuyó cuanto iba a suceder después.

Entonces le tocó al inspector Craddock sonreír.

—Eso nos dijo por teléfono. Voy a Londres a verla. ¿Quiere acompañarme, Mrs. Harmon?

—Sí, claro —exclamó Bunch—. Es una suerte que anoche me dolieran las muelas. Decididamente, necesito ir a Londres, ¿no le parece?

—Desde luego —dijo Craddock.

Miss Marple pasó del rostro impasible del inspector al ansioso de Bunch. La maleta se hallaba sobre la mesa.

—No la he abierto —explicó la anciana—. No me he atrevido sin la presencia de un agente. Además —añadió con una maliciosa sonrisa victoriana—, está cerrada con llave.

—¿No le gustaría adivinar qué hay dentro, miss Marple?

—Imagino que los vestidos de Zobeida. ¿Quiere un cincel, inspector?

El cincel cumplió bien su cometido. Ambas mujeres dieron un pequeño respingo cuando saltó la tapa. La luz del sol, a través de la ventana, encendió un inimaginable tesoro de valiosas joyas rojas, azules, verdes y naranjas.

—¡La cueva de Aladino! —exclamó miss Marple—. Las centelleantes joyas que la chica lucía en sus actuaciones.

—Sí —contestó el inspector—. Pero, ¿justifica eso la muerte de un hombre?

—Debió ser muy astuta —dijo miss Marple pensativa—. Está muerta, ¿verdad, inspector?

—Murió hace tres años. Ella poseía este valioso collar de esmeraldas. ¿Cómo evitar que se lo robasen? Bastaba con desmontar las piedras y engarzarlas entre las falsas que adornaban su traje de trabajo. Luego encargó que le hicieran un doble del verdadero, y ése, en realidad, fue el que se llevaron. Así se comprende que no saliera al mercado. El ladrón descubrió muy pronto que las deslumbrantes piedras eran falsas.

—Aquí hay un sobre —indicó Bunch apartando algunas de las brillantes piedras.

El inspector Craddock lo cogió y extrajo dos impresos de aspecto oficial. Leyó en voz alta:

—Certificado de matrimonio de Walter Edmund St. Joan y Mary Moss. Era el verdadero nombre de Zobeida.

—Luego estaban casados —dijo miss Marple—. Comprendo.

—¿Y el otro? —preguntó Bunch.

—El certificado de nacimiento de una hija, a quien pusieron por nombre Jewel[1].

—¿Jewel? —gritó Bunch—. ¡Claro! ¡Naturalmente! *¡Jill!* Eso es. Ahora comprendo por qué vino a Chipping Cleghorn. *Eso* es lo que intentó decirme: Jewell. Los Mundy, que viven en la casa Laburnam, cuidan a una niña por cuenta de alguien. La quieren como si fuera su propia nieta. Se llama Jewel, pero ellos usan el diminutivo Jill.

»Mrs. Mundy sufrió una caída hará una semana y el viejo está muy enfermo de pulmonía. Ambos serán hospitalizados y yo busqué un lugar para Jill. No quise que la llevaran a una institución.

»El padre debió de enterarse en la cárcel y huyó para recoger la maleta que guardaba en la casa de la vieja modista de su mujer. Si las joyas pertenecían a la madre, ahora son de la niña.

—Desde luego, Mrs. Harmon. Si están aquí.

—¡Claro que están aquí! —exclamó alegremente miss Marple.

1. «Jewel»: en inglés, joya. (*N. del T.*)

—Gracias a Dios que has regresado, querida —dijo el reverendo Julian Harmon saludando a su esposa con un suspiro de satisfacción—. Mrs. Burt hace cuanto puede en tu ausencia. Me sirvió unos pastelillos de pescado *muy* especiales. No quise herir sus sentimientos y se los di a Tiglash Pileser, pero ni él se los ha comido. Tuve que echarlos por la ventana.

—Tiglash Pileser —exclamó Bunch acariciando el gato que ronroneaba contra sus rodillas— es *muy* delicado. A veces le digo que tiene estómago de rey.

—¿Y tu muela, querida? ¿Te la sacaron?

—Sí. No fue muy doloroso y fui a visitar a tía Jane. Además...

—Pobrecilla —la interrumpió su esposo—. Espero que aún no le fallen los reflejos.

—En absoluto —contestó ella con una sonrisita.

Al día siguiente, Bunch recogió otro ramo de crisantemos para la iglesia. El sol volvía a filtrarse por la ventana del lado este. Ella se detuvo en el recuadro enjoyado sobre los peldaños del presbiterio y dijo en voz muy baja:

—Su pequeña estará muy bien. Yo *me ocuparé* de que lo esté. Lo prometo.

Cuando hubo dispuesto las flores, se arrodilló en un reclinatorio para decir sus oraciones antes de regresar a la rectoría, donde le esperaban quehaceres domésticos atrasados.

Capítulo VI

EL SABUESO DE LA MUERTE

1

Fue a William P. Ryan, periodista norteamericano, a quien por vez primera oí hablar de este asunto. Comíamos juntos en un restaurante de Londres la víspera de su regreso a Nueva York, cuando se me ocurrió decirle que al día siguiente me iría a Folbridge.

William alzó la cabeza y preguntó casi bruscamente:

—¿Folbridge, de Cornualles?

Sólo una persona entre mil sabe que hay un Folbridge en Cornualles. Siempre se supone que se trata del Folbridge de Hampshire. El conocimiento de Ryan despertó mi curiosidad.

—Sí —contestóe—. ¿Lo conoce?

Pero me dijo que apenas nada. Luego me preguntó si por casualidad conocía allí una casa llamada Trearne.

Mi interés se incrementó.

—Desde luego. Precisamente voy a Trearne. Es donde vive mi hermana.

—¡Caramba! —exclamó William—. ¡Vaya montón de coincidencias!

Le sugerí que se dejase de ambigüedades y fuera más explícito.

—Está bien —contestó—. Para eso tendré que remontarme a una experiencia que viví en la guerra.

Suspiré. Los hechos de mi relato sucedieron en 1921, cuando los episodios de la guerra empezaban a ser olvidados y nadie deseaba que se los recordasen. Por otra parte, no ignoraba cuán fértil era la imaginación de William en lo relativo a sus experiencias guerreras.

Nada, absolutamente nada, detendría ya su lengua.

—A principios de la contienda, como supongo que usted ya sabe, yo trabajaba en Bélgica para mi periódico. En un pueblecillo, llamémosle X, situado en una región donde abundan los caballos, había un convento grande, con monjas vestidas de blanco... no recuerdo el nombre de la orden. Eso tampoco importa. Pues bien, este pequeño villorrio se hallaba precisamente en el centro del avance alemán. Al fin, llegaron los ulanos...

Me agité inquieto y William alzó una mano tranquilizadora.

—No se altere —exclamó—. No se trata de una

historia de atrocidades alemanas. Hubiera podido serlo, pero no lo es. En realidad, la bota devastadora calzaba otro pie. Los ulanos galoparon hacia el convento y, al llegar allí, todo voló por los aires.

—¡Oh! —exclamé horrorizado.

—Cosa rara, ¿verdad? Naturalmente, parece como si antes hubieran llegado los hunos y empezado alguna celebración en la que jugasen con sus propios explosivos. Pero sabemos que ellos carecían de esas cosas, al menos de potentes explosivos. Y bien, yo me pregunto ahora: ¿qué sabía aquel rebaño de monjas de altos explosivos?

—No me lo explico —contesté.

—El asunto me interesó tan pronto se lo oí contar a los campesinos. Según ellos, se trata de un auténtico milagro moderno de primera magnitud. Parece ser que una de las monjas gozaba de reputación de santidad y que, puesta en trance, tenía visiones. Para los campesinos, fue ella quien realizó la proeza. Por lo visto, descargó un rayo sobre los impíos hunos y todo cuanto les rodeaba estalló con ellos. Un milagro muy efectivo, ¿no le parece?

»En realidad, nunca supe la verdad del asunto... por falta de tiempo. Entonces los milagros estaban de moda, como los ángeles, demonios y todo eso. Escribí una crónica con algo de material brillante, bien adobada con puntos religiosos, y la mandé a mi periódico. Fue un éxito en Estados Unidos, donde en aquella época gustaban esa clase de historias.

»Sin embargo, no sé si me comprenderá: al escribir sobre ello, me interesé de verdad. Sentí el deseo de averiguar lo que realmente había sucedido. Pero el antiguo convento no ofrecía posibilidad alguna, salvo dos paredes que seguían de pie, y una de ellas con una gran mancha negra en forma de perro.

»Los campesinos temían grandemente aquella marca. La llamaban «el sabueso de la muerte», y rehuían aquel lugar después del anochecer.

»Las supersticiones son siempre interesantes. Esto acrecentó mi interés por ver a la mujer protagonista de la hazaña, que no había fallecido, según mis noticias. Al parecer, se trasladó a Inglaterra con un grupo de refugiados. Así que hice indagaciones siguiendo su pista y supe que había sido alojada en Trearne, Folbridge, Cornualles.

Asentí con un movimiento de cabeza.

—Mi hermana aceptó a varios refugiados belgas al principio de la guerra. Unos veinte, creo.

—En mi ánimo siempre había palpitado el deseo de conocer a la heroína, tan pronto el factor tiempo me lo permitiera, con el único fin de oír de sus propios labios la narración del desastre. Pero ya sabe lo que son estas cosas, unas veces por exceso de trabajo y otras por la distancia, lo fui demorando hasta que el deseo se convirtió en un poso dormido en algún rincón ignorado del subconsciente. Sin embargo, al oírle pronunciar el nombre de Folbridge, todo ha revivido en mi memoria.

—Preguntaré a mi hermana. Quizás haya oído hablar de eso. Claro que los belgas hace tiempo que fueron repatriados.

—Desde luego, eso no facilita las cosas, pero si su hermana recuerda algo, le agredeceré que me lo transmita.

—Descuide, lo haré con mucho gusto.

Poco después nos despedíamos.

2

Durante el segundo día de mi estancia en Traerne, recordé la historia. Mi hermana y yo tomábamos el té en la terraza.

—Kitty —pregunté—, ¿tuviste a una monja entre tus refugiados belgas?

—¿Te refieres a la hermana Marie Angelique?

—Posiblemente. Háblame de ella.

—¡Oh! Es una criatura muy misteriosa. Aún está aquí.

—¿En la casa?

—No, no. En el pueblo. El doctor Rose, ¿recuerdas al doctor Rose?

Negué con la cabeza.

—Sólo recuerdo a un viejo de unos ochenta y tres años.

—Ése era el doctor Laird. El pobre murió ya. El doctor Rose hace pocos años que vive aquí. Es muy joven y muy aficionado a las nuevas ideas. Quizás por eso se tomó el mayor interés en la hermana Marie Angelique. Ella sufre alucinaciones, ¿sabes? Y, aparentemente, resulta interesantísima desde un punto de vista médico.

»La pobre no tenía dónde ir y, en mi opinión, es una criatura insignificante que sólo causa cierta impresión..., ¿lo entiendes? Como te he dicho, carece de sitio donde ir y el doctor Rose logró que se afincase en el pueblo. Tengo entendido que escribe una monografía, o una de esas cosas que hacen los médicos, relacionada con ella.

Después de una pausa, me preguntó:

—¿Qué sabes tú de ella?

—Oí una historia bastante curiosa.

Se la conté tal como me la había explicado Ryan, y Kitty se interesó vivamente.

—Tiene aspecto de ser capaz de eso —contestó ella con aplomo.

Con semejante respuesta, mi curiosidad se hizo más acusada.

—Me gustaría verla —dije.

—Hazlo. Así conoceré la opinión que te merece la hermana Marie Angelique. Primero visita al doctor Rose. ¿Por qué no das un paseo hasta el pueblo después del té?

Hallé al doctor Rose en su casa. Me pareció un joven agradable, si bien algo de su personalidad me repelió: demasiado contundente.

En cuanto le hablé de la hermana Marie Angelique, se envaró alertado. Le conté la versión de Ryan y él no me ocultó su gran interés por aquel asunto.

—¡Ah! —exclamó pensativo—. Eso explica muchas cosas. Es un caso en verdad interesante. La hermana Marie Angelique llegó a Inglaterra, tras haber sufrido un grave shock mental, en un estado de gran excitación; sufría alucinaciones sorprendentes. Quizás le interese acompañarme a visitarla. Creo que vale la pena.

Acepté presuroso aquella invitación tan deseada. Iniciamos juntos el camino hacia la casita situada en las afueras del pueblo.

Folbridge es un lugar muy pintoresco. Se extiende en la desembocadura del río Fol, mayormente en la orilla este, pues la oeste es demasiado abrupta para edificar, si bien algunas casitas cuelgan de su escollera, como sucedía con la del propio doctor. Desde allí es todo un espectáculo la visión de las olas que, furiosas, rompen contra las negras rocas.

La vivienda que buscábamos se hallaba tierra adentro, fuera de la vista del mar.

—La enfermera de este distrito vive aquí —me explicó el doctor Rose—. Conseguí que la hermana Marie Angelique compartiese la casa con ella. Así me es fácil vigilar y controlar su estado.

—¿Puede considerársela como normal? —pregunté.

—Ya juzgará por usted mismo cuando la vea dentro de un instante.

La enfermera, un agradable cuerpecillo regordete, se marchaba en aquel preciso instante en su bicicleta.

—Buenas tardes, enfermera, ¿cómo se encuentra la paciente? —le preguntó.

—Como siempre, doctor. Sentada con las manos enlazadas y la mente quién sabe dónde. Muchas veces no me contesta cuando le hablo. Su escasa disposición hace que apenas sepa inglés, pese al tiempo que lleva aquí.

El doctor Rose saludó con la cabeza a la enfermera mientras se alejaba y, luego, traspusimos el umbral de la casita y en su interior encontramos a la hermana Marie Angelique tendida en una tumbona cerca de la ventana. Ésta volvió la cabeza al oírnos.

Me sobrecogió su extraño y pálido rostro. Sus enormes ojos carecían de fijeza al mirar, como si una espantosa tragedia los nublara.

—Buenas noches, hermana— dijo el doctor en francés.

—Buenas noches, *monsieur le docteur*.

—Permita que le presente a mi amigo, Mr. Anstruther.

Hice una reverencia y ella inclinó la cabeza, mostrándome una desmayada sonrisa.

—¿Cómo se encuentra usted hoy? —preguntó el doctor Rose sentándose junto a ella.

—Estoy más o menos como siempre —se detuvo un momento y prosiguió—: Nada me parece real. ¿Son días... meses... o años... los que pasan? No sabría decirlo. Sólo mis sueños me parecen realidad.

—¿Sueña mucho?

—Siempre... siempre... y los sueños me parecen más reales que la propia vida.

—¿Sueña con su país... Bélgica?

Negó con la cabeza.

—No. Sueño con un país que jamás he visto. Usted ya lo sabe, *monsieur le docteur*. Se lo he dicho muchas veces —después de un breve silencio, preguntó—: ¿Este caballero es también doctor... un doctor de enfermedades mentales?

—No, no lo es.

Rose trataba de tranquilizarla, si bien al sonreír lucía unos puntiagudos dientes caninos que me hacían compararlo con un lobo. Él prosiguió diciendo:

—Imaginé que, posiblemente, le interesaría conocer a Mr. Anstruther. Sabe noticias recientes de Bélgica. Algunas de ellas se refieren a su convento.

Los ojos de la enferma se volvieron a mí. Un leve sonrojo tiñó sus mejillas.

—En realidad, poca cosa —me apresuré a decirle—. Cené la otra noche con un amigo que me describió las ruinas de su convento.

—¡Entonces fue destruido!

Lo dijo con suave exclamación, como si se dirigiera a ella misma y no a nosotros. Volvió a mirarme e, indecisa, me preguntó:

—Monsieur, ¿explicó su amigo cómo fue destruido el convento?

—Lo volaron —y añadí—: Los campesinos tienen miedo de pasar por aquel camino de noche.

—¿Por qué tienen miedo?

—Una marca negra en una de las paredes provoca en ellos un temor supersticioso.

La hermana se inclinó hacia delante.

—Vamos, monsieur, dígame. ¿A qué se parece esa marca?

—Tiene la forma de un enorme perro. Los campesinos lo llaman «el sabueso de la muerte».

El «¡oh!» que brotó de sus labios fue un agudo grito.

—¡Entonces, es cierto... es cierto! —exclamó—. Todo cuanto recuerdo es cierto. No es una negra pesadilla. ¡Sucedió! ¡Sucedió!

—¿Qué sucedió, hermana? —preguntó el doctor.

Ella se volvió hacia él, ansiosa.

—*Lo recuerdo*. Allí, sobre los peldaños. Lo recuerdo. Recuerdo como fue. Estaba de pie en las gradas del altar y les conminé a que no avanzasen más. Les dije que se marcharan en paz. No hicieron caso a mi advertencia y continuaron adelante. Y así... —se inclinó e hizo un extraño gesto—, y así puse en libertad al sabueso de la muerte contra ellos...

Temblorosa, con los ojos cerrados, la monja se recostó en la silla.

El médico se levantó y cogió el vaso del aparador, medio llenó de agua, añadiéndole las gotas de un frasquito que sacó de su bolsillo.

—Bébase esto —le ordenó.

La enferma obedeció mecánicamente. Sus ojos

miraban sin ver, como si contemplase alguna visión interna.

—¡Todo es verdad! —dijo—. Todo. La ciudad de los círculos, la casa de cristal... Todo. Todo es cierto.

—Tranquilícese.

La voz del médico tenía una modulación muy suave, era reconfortante y parecía invitarla a proseguir sus pensamientos.

—Hábleme de la ciudad —le dijo—. La ciudad de los círculos, ¿no la llamó así?

La hermana Marie Angelique contestó de modo inconsciente:

—Sí... había tres círculos. El primero para los elegidos, el segundo para las sacerdotisas y el exterior para los sacerdotes.

—¿Y en el centro?

Contuvo el aliento y su voz se quebró debido a un indescriptible dolor.

—La casa de cristal...

Mientras susurraba estas palabras se llevó la mano derecha a la frente, donde trazó varios signos. Su cuerpo pareció tensarse. Mantenía los ojos cerrados. De pronto, se inclinó levemente y con una repentina sacudida volvió a erguirse. Entonces nos miró como quien se despierta sobresaltado.

—¿Qué pasa? —preguntó—. ¿Qué he dicho?

—Nada —la tranquilizó Rose—. Está cansada. ¿Quiere dormir un poco? Nos vamos.

Parecía desconcertada cuando nos marchamos.

—Bien —me preguntó Rose ya en el exterior de la casa—. ¿Qué opina?

Me observaba de reojo.

—Imagino que está desequilibrada —contestó lentamente.

—¿Lo cree de veras?

—No. En realidad no. De hecho, ha sido convincente. Mientras la escuchaba, tuve la impresión de que cuanto explicaba había ocurrido. Algo así como si realmente fuera autora de un extraordinario milagro. Parece sincera al narrar su historia. Quizás por eso...

—Sí —me interrumpió—. Quizás por eso considera que está desquiciada. No obstante, estudie el asunto desde otro ángulo. Suponga cierto que realizó el milagro. Supongamos que fue ella quien destruyó aquel edificio y a varios centenares de seres humanos.

—¿Con la simple fuerza de su voluntad? —pregunté algo escéptico.

—No, no de ese modo. Pero usted, con toda seguridad, admite que una persona puede destruir a una multitud con solo pulsar un interruptor que controle un sistema de minas.

—En ese caso, se trata de un hecho mecánico.

—Cierto. Pero, en esencia, no deja de efectuarse un control sobre fuerzas naturales. El rayo y una descarga eléctrica vienen a ser una misma cosa.

—Conforme. Ahora bien, insisto en que una descarga eléctrica necesita medios mecánicos.

El doctor Rose sonrió.

—Existe una sustancia llamada pirola. Se encuentra en la naturaleza en forma vegetal. También el hombre puede lograrla químicamente en un laboratorio.

—¿Y bien?

—Creo que algunos fenómenos pueden ser provocados por medios distintos. El hombre, normalmente, se vale de procedimientos químicos o mecánicos. Pero ¡puede haber otros medios! Piense en lo que hacen los faquires indios. ¿Es fácil explicar los fenómenos que ellos provocan? Eso prueba que las cosas llamadas sobrenaturales no siempre lo son. Un rayo es algo sobrenatural para un salvaje. Luego, lo sobrenatural deja de serlo cuando son conocidas las leyes o las causas que lo provocan.

—¿Qué quiere usted decir? —pregunté fascinado.

—Que no rechazo enteramente la posibilidad de que un ser humano *pueda* provocar una fuerza destructora y usarla según su deseo. Indiscutiblemente, nos parecería un hecho sobrenatural... cuando en realidad no lo es.

Le miré perplejo.

Él se rió.

—Simple especulación, no se asuste —dijo suavemente—. ¿Notó usted el gesto que ella hizo al mencionar la casa de cristal?

—Se llevó la mano a la frente.

—Exacto. Y trazó un círculo con movimientos parecidos a los que emplea un católico al hacer la señal de la cruz. Ahora le contaré algo interesante, Mr. Anstruther. En vista de que mi paciente pronuncia con mucha frecuencia la palabra cristal en sus delirios, decidí someterla a una prueba. Conseguí una bola de cristal de roca y se la mostré sin previo aviso.

—¿Y qué sucedió?

—El resultado fue muy curioso y sugestivo. Todo su cuerpo se tensó y sus ojos miraron la bola como si no diera crédito a lo que veía. Luego, tras arrodillarse, murmuró unas palabras y se desmayó.

—¿Qué dijo?

—«*¡El cristal! ¡La fe aún vive!*»

—¡Extraordinario!

—Sugestivo, ¿verdad? Pero eso no fue todo. Al reponerse de su desmayo, no se acordaba de nada. Le mostré la bola de cristal y le pregunté si sabía lo que era. Me contestó que se parecía a una de esas bolas de cristal que usan los adivinadores del porvenir, según la descripción que de ellas tenía. A mi pregunta de si había visto otra con anterioridad, dijo: «Jamás, *monsieur le docteur.*» Entonces capté la mirada perpleja de sus ojos. «¿Qué le preocupa, hermana?», indagué. «¡Es todo tan raro! —contestó—. Jamás he visto una bola de cristal y, sin embargo, siento la sensación de que me es muy familiar. Hay algo... si pudiera recordarlo...» Su esfuerzo mental era evidentemente penoso y le prohibí que pensase más. De eso hace dos semanas. He querido que descanse ese tiempo para fortalecerla. Mañana reanudaré mi experimento.

—¿Con la bola de cristal?

—Sí. Espero obtener resultados interesantes.

—¿Qué exactamente?

Hice la pregunta con simulada indiferencia y atento a su reacción.

Rose se irguió. Durante unos breves segundos, pareció vacilar, pero al fin me contestó con voz más grave, más profesional:

—Luz sobre ciertos desórdenes mentales no muy definidos. La hermana Marie Angelique es un caso rarísimo.

¿El interés del doctor Rose era meramente profesional? Me pareció dudoso.

—¿Le molestaría si yo viniese también? —pregunté.

Quizás sólo fuera pura imaginación, pero lo cierto es que me pareció advertir que vacilaba antes de contestar. Pensé que no deseaba mi presencia.

—Sí, claro. No tengo inconveniente alguno —después de un breve silencio, añadió—: ¿Supongo que no estará usted aquí mucho tiempo?

—Hasta pasado mañana.

Evidentemente, la respuesta le gustó. Desaparecieron las arrugas de su frente y empezó a contarme unos experimentos que había realizado con conejillos de Indias.

3

La tarde siguiente me encontré con él a la hora convenida para visitar a la hermana Marie Angelique. El doctor Rose fue todo ingenio, como si tratase de borrar la mala impresión que hubiera podido causarme el día anterior.

—No se tome muy en serio cuanto le dije ayer —me aconsejó riéndose—. Me desagradaría que me creyese un aficionado a las ciencias ocultas. En realidad, sucede que me apasiono cuando intento esclarecer algún caso intrincado como éste.

—¿De veras?

—Sí, y cuanto más difícil es, más me gusta.

Se rió como el hombre a quien hacen gracia sus propias debilidades.

Cuando llegamos a la casita, la enfermera quiso consultar algo con el doctor Rose y esto me obligó a permanecer solo con la hermana Marie Angelique. La monja me observó un momento antes de decirme:

—La enfermera me ha dicho que usted es hermano de la amable señora que me dio cobijo cuando vine de Bélgica.

—Así es.

—Fue muy amable conmigo. Es buena.

Y guardó silencio, como sumida en algún pensamiento. Luego me preguntó:

—*Monsieur le docteur*, ¿es bueno?

Me sentí embarazado.

—Sí, claro. Supongo que sí lo es.

Después de una pausa comentó:

—Sí, él ha sido muy bueno conmigo.

—Estoy seguro de ello —contestó.

Ella me miró fijamente.

—Monsieur... usted... usted que habla conmigo ahora, ¿cree que estoy loca?

—¡Vamos, hermana, semejante idea es un...!

Sacudió la cabeza lentamente, interrumpiendo mi protesta.

—¿Estoy loca? No lo sé, pero, ¿por qué recuerdo cosas tan extrañas mientras me olvido de otras?

El doctor Rose penetró en la habitación, al mismo tiempo que la hermana Marie Angelique suspiraba.

La saludó alegremente y le explicó lo que deseaba que ella hiciese.

—Algunas personas tienen el don de ver las cosas en una bola de cristal. Sospecho que usted posee este don, hermana.

Ella reaccionó asustada.

—¡No, no, no puedo hacer eso! Leer el futuro es un pecado.

El doctor Rose experimentó una sorpresa, pues no esperaba de la monja semejante reacción. Cuando se hubo repuesto, cambió inteligentemente el enfoque del asunto.

—Tiene usted razón. No se debe bucear en el futuro. Sin embargo, en el pasado es diferente.

—¿El pasado?

—Sí... hay cosas interesantes en el pasado. A

veces saltan de las sombras espectros olvidados que nos recuerdan otros tiempos. No se trata de que vea nada en la bola. Ya sé que le está prohibido. Pero cójala en sus manos... así. Mírela. Concéntrese. Hágalo con la mayor atención. ¿Empieza a recordar, verdad? ¡Usted recuerda! ¡Usted oye mis palabras! ¡Usted puede contestar mis preguntas! ¿Me oye?

La hermana sostenía la bola de cristal con extraña reverencia. Miraba su interior con ojos velados, inexpresivos. Poco a poco su cabeza fue cayendo hasta hundir la barbilla en el pecho. Al fin, pareció que estaba dormida.

Con extraño cuidado, el doctor Rose le quitó la bola de cristal y la dejo sobre la mesa. Luego de alzarle un párpado, vino a sentarse a mi lado.

—Hemos de esperar a que se despierte. No tardará mucho.

Tuvo razón. Pasados cinco minutos, la hermana Marie Angelique abrió sus ojos soñolientos.

—¿Dónde estoy?

—Aquí, en casa. Ha dormido un poco. Ha soñado usted, ¿verdad?

Asintió.

—Sí, he soñado.

—¿Con la bola de cristal?

—Sí.

—Díganoslo.

—Creerá que estoy loca, *monsieur le docteur*. En mi sueño la bola era un emblema sagrado y yo un segundo Cristo muerto por su fe. Sus seguidores eran perseguidos... Pero la fe prevalecía. Sí, durante quince mil lunas llenas... quince mil años.

—¿Cuánto dura una luna llena?

—Trece ordinarias. Sí, durante la luna llena quince mil yo era sacerdotisa del quinto signo, en la casa de cristal. Luego llegaron los primeros días del sexto signo... —frunció las cejas y en sus ojos brilló una mirada de temor. Murmuró—: ¡Demasiado pronto! ¡Demasiado pronto! Un error... Ah, sí, recuerdo. ¡El sexto signo!

Casi se deslizó al suelo. Poco a poco irguió el cuerpo y se pasó una mano por la cara. Entonces murmuró:

—¿Qué he dicho? ¡Oh! He estado delirando. Esas cosas nunca sucedieron.

—No se preocupe, hermana —le dijo el doctor Rose.

Ella lo miraba con angustiosa perplejidad.

—*Monsieur le docteur,* no comprendo. ¿Por qué he de tener estos sueños, estas fantasías? A los dieciséis años entré en la vida religiosa. Jamás he viajado y, no obstante, sueño con ciudades, gentes desconocidas y costumbres extrañas. ¿Por qué? —se presionó con ambas manos la cabeza.

—¿Recuerda si la han hipnotizado alguna vez, hermana? ¿O ha caído en estado de trance?

—Nunca he sido hipnotizada, *monsieur le docteur*. En cuanto a lo otro, mientras rezábamos en la capilla, a menudo mi espíritu parecía desligarse de mi cuerpo, quedando como muerta durante horas. Indudablemente era *un estado de gracia, como decía la madre superiora*.

—Me gustaría hacer un experimento, hermana —le dijo con tono despreocupado—. Con ello quizás lográsemos despejar estos dolorosos y vagos recuerdos. Usted mirará otra vez la bola de cristal y, a cada una de las palabras que yo pronuncie, me responderá con otra. Prolongaremos la sesión hasta que se canse. Concentre su atención en la bola y no en las palabras.

Mientras, yo alcanzaba la bola de cristal y, al dársela, noté la reverente actitud de la hermana Marie Angelique al cogerla entre sus manos. Sus maravillosos y profundos ojos quedaron fijos en ella. Luego siguió un corto silencio hasta que el doctor dijo:

—*Sabueso*.

Inmediatamente la hermana Marie Angelique contestó:

—*Muerte*.

4

Muchas palabras triviales y sin sentido fueron dichas adrede por el doctor Rose, a la vez que repetía otras, obteniendo la misma respuesta, u otra distinta.

Aquella noche, en la casita del médico, sobre la escollera, discutimos el resultado del experimento.

El hombre se aclaró la garganta y cogió su libro de notas.

—Estos resultados son muy interesantes... y muy curiosos. En respuesta a «sexto signo» hemos logrado: *destrucción, púrpura, sabueso y fuerza*; luego *destrucción* y, finalmente, *fuerza*. Más tarde invertí el orden de las palabras, como ya advirtió, y obtuve las siguiente respuestas: a *destrucción, sabueso*; a *púrpura, fuerza*; a *sabueso, destrucción* y, otra vez, *sabueso* para *destrucción*. Hasta aquí todo se corresponde, pero en la repetición de *destrucción* dice *mar*, que indudablemente no encaja. A «sexto signo»: *azul, pensamientos, pájaro*, otra vez *azul*, y la sugestiva frase: *Apertura de mente a mente*. «Cuarto signo» logró por respuesta *amarillo* y, más tarde, *luz*. A «primer signo» corresponde *sangre*. Esto me induce a pensar que cada signo tiene un color propio y quizás un símbolo particular. Para el «quinto signo» es *pájaro*; para el «sexto signo», *sabueso*. Sin embargo, supongo que el quinto signo representa lo que llamamos telepatía: apertura de mente a mente. El sexto signo significa destrucción.

—¿Cuál es el significado de *mar*?

—Confieso que no sé explicarlo. Introduje la palabra mas tarde y conseguí por respuesta *bote*. Para el séptimo signo primero dijo *vida*, y luego *amor*. Para el octavo signo la respuesta fue *nada*. Eso demuestra que los signos son siete.

—¡Pero el séptimo no fue alcanzado! —exclamé

con repentina inspiración—. ¡Después del sexto llega destrucción!

—¿Lo cree usted en serio? Me temo que le damos demasiada importancia a tan locos desvaríos. En realidad, sólo tienen un interés puramente médico.

—¿Supone que despertará la curiosidad de los psiquiatras?

Los ojos del doctor Rose se entrecerraron.

—Mi querido señor, no tengo la intención de hacerlo público.

—En ese caso, ¿cuál es su interés?

—Meramente personal. Claro que tomo notas para mi archivo.

—Comprendo —exclamé por decir algo, cuando en realidad me hallaba más a oscuras que un ciego. Me levanté y añadí—: Bien, le deseo buenas noches, doctor. Regreso a la ciudad mañana.

—¿Se marcha?

En su pregunta había satisfacción, quizás alivio.

—Sí. Le deseo buena suerte en sus investigaciones. Espero que no me azuce el sabueso de la muerte la próxima vez que nos veamos.

Tenía su mano en la mía mientras le hablaba y sentí su sobresalto a través de la sacudida que dio. Pero su recuperación fue rápida. Sus labios, al sonreír, dejaron al descubierto largos y puntiagudos dientes.

—Sería una gran cosa para el hombre que ama el poder —comentó—. ¡Qué triunfo más grande disponer de la vida de todos los seres humanos!

Su sonrisa se hizo más amplia.

5

Lo anterior marca el límite de mi relación directa con el asunto que trato.

Posteriormente, el libro de notas del doctor Rose, y también su diario, llegaron a mis manos. Reproduciré algunas de sus anotaciones:

5 de agosto. He descubierto que «elegidos», para la hermana M. A., son aquellos que reprodujeron la raza. Parece ser que eran considerados como los más importantes, incluso mucho más que los sacerdotes. Semejante criterio ofrece un fuerte contraste comparado con los antiguos cristianos.

7 agosto. He logrado que la hermana M. A. consienta ser hipnotizada. Y si bien le provoqué un estado de sueño y trance, no obtuve comunicación.

9 agosto. Existieron civilizaciones en el pasado muy superiores a la nuestra. Soy el único hombre que sabe la verdad de tan remota vida.

12 agosto. No se muestra dócil a mis sugerencias en estado hipnótico. Sin embargo, logro fácilmente sumirla en trance. No lo entiendo.

13 agosto. Hoy ha dicho que en «estado de gracia» la puerta sigue cerrada, a menos que otro dé órdenes al cuerpo. Interesante..., pero he fracasado.

18 agosto. El primer signo no es otra cosa que... (las palabras aparecen borradas). Así, ¿cuántos siglos transcurrieron para llegar al sexto?

20 agosto. M. A. seguirá con la enfermera. Ésta, si es preciso, la retendrá mediante el uso de morfina. ¿Estoy loco? ¿O soy un superhombre con el poder de la muerte en mis manos?

(Aquí cesan las anotaciones.)

6

El 29 de agosto recibí una carta manuscrita con desigual caligrafía y, evidentemente, de un extranjero. La abrí lleno de curiosidad. Decía:

> «*Apreciado monsieur*:
> »*Sólo le he visto dos veces, pero sé que puedo confiar en usted. Sean ciertos o no mis sueños, se han vuelto más precisos últimamente... Y monsieur, de una cosa estoy segura, el "sabueso de la muerte" no es un mito. El guardián del cristal reveló el secreto del sexto signo demasiado pronto y el demonio entró en*

los corazones de las gentes. Con el poder de la muerte en sus manos, mataron sin causa justificada, ebrios de codicia y poder. Cuando vimos esto, los que éramos puros comprendimos que no se completaría el círculo para llegar al signo de la vida perdurable. Así, el nuevo guardián del cristal se vio obligado a actuar. Lo viejo tenía que sucumbir y dar paso, después de interminables épocas, a un estado más perfecto de vida. "Por eso lanzó al sabueso de la muerte sobre el mar" (teniendo cuidado de no cerrar el círculo), y el mar cobró la forma del sabueso y se tragó la tierra...

»Una vez recordé esto en "los peldaños del altar de Bélgica"...

»El doctor Rose es de la hermandad. Conoce el primer signo y parte del segundo. En cuanto al sexto signo es ignorado por todos, excepto por unos pocos elegidos. "Él puede arrancarme el secreto", pues aunque hasta ahora he resistido, me vuelvo débil.

»Monsieur, no es bueno que un hombre consiga el poder ahora. Primero deben transcurrir muchos siglos antes de que el mundo esté preparado para la entrega del poder de la muerte a una sola mano... A usted, que ama el bien y la verdad, le imploro que me ayude... antes de que sea demasiado tarde.

»Su hermana en Cristo,

MARIE ANGELIQUE»

Dejé caer el papel. La solidez de la tierra bajo mis pies me pareció menos consistente que de costumbre. Pero no tardé mucho en reanimarme. La sincera credulidad de aquella pobre mujer me había conmovido, poniendo al descubierto ante mis ojos la gran falta de ética profesional cometida por el doctor Rose. Y cuando pensaba muy en serio acudir en ayuda de la trastornada monja, advertí entre el resto del correo la presencia de una carta de mi hermana Kitty. Rasgué el sobre.

> «*Ha ocurrido algo terrible* —leí—. *¿Recuerdas la pequeña casita del doctor Rose en la escollera? Fue barrida por un corrimiento de tierras la pasada noche. El doctor y aquella pobre monja, la hermana Marie Angelique, han muerto. El «caos» de la playa es alucinante. La gran casa de tierra y piedra caída tiene la forma de un enorme «sabueso»...*»

La carta cayó de mi mano.

Los otros sucesos quizás sean pura coincidencia. Un hombre apellidado Rose, que resultó ser un rico pariente del doctor, murió de repente la misma noche, según se dijo, a causa de un rayo. Sin embargo, en toda la comarca no hubo tormenta, pese a que un par de personas declararon haber oído un trueno. La descarga dejó en el cadáver una quemadura de «extraña forma». En su testamento, disponía que todos sus bienes pasasen a su sobrino, el doctor Rose.

Si el doctor Rose había logrado que la hermana Marie Angelique le revelase el secreto del sexto signo, no era de extrañar que hubiese matado a su tío —en mi opinión carecía de escrúpulos—. El resto de la tragedia me hizo recordar lo escrito por la monja: «...teniendo cuidado de no cerrar el círculo...» Quizás el doctor Rose menospreció esta precaución, o ignoraba cómo debía actuar. Así, la fuerza liberada completaría el circulo...

Lo expuesto no deja de ser una solemne tontería. ¿Cómo darle crédito? Que el doctor Rose creyese en las alucinaciones de la hermana Marie Angelique sólo prueba que también estaba ligeramente desequilibrado.

Ahora bien, a veces yo sueño en un continente sumergido en los mares donde los hombres vivieron y forjaron una civilización mucho más avanzada que la nuestra...

¿O tal vez la monja recordaba *hacia atrás*, cosa factible según opinan muchos, y la ciudad de los círculos está en el futuro?

Tonterías... ¡naturalmente! Todo esto sólo puede ser una alucinación.

Capítulo VII

LA GITANA

1

Macfarlane había advertido que su amigo Dickie Carpenter sentía aversión hacia los gitanos. Y sólo llegó a conocer los motivos cuando se rompió el compromiso matrimonial de Dickie y Esther Lawes, lo que originó algunas confidencias entre los dos hombres.

Macfarlane tenía relaciones con la hermana de Esther, Rachel, desde hacía un año. Conocía a las dos jóvenes desde la infancia. Pero su carácter apocado hizo que tardase algún tiempo en admitir la creciente atracción que el rostro aniñado y la sinceridad de los ojos pardos de Rachel ejercían sobre él. No era una belleza como su hermana, aunque sí más sincera y dulce. La relación entre Dickie y la mayor de las hermanas dio vida a crecientes lazos de fraternidad entre los dos hombres.

Después de breves semanas, las relaciones amorosas entre Dickie y Esther se habían diluido en la nada del olvido. Hasta entonces la vida de su joven amigo había discurrido plácidamente. Su carrera de marino era un acierto, pues su amor a las cosas del mar tenía profundas raíces en su ser. De hecho, en sus entrañas palpitaba un primario vikingo, cuya mente no era dada a sutilezas románticas. Pertenecía a esa clase de ingleses reñidos con toda manifestación emotiva, y muy torpes a la hora de traducir en palabras normales sus procesos mentales.

Macfarlane, un escocés de imaginación céltica, escuchaba y fumaba mientras Dickie se perdía en un mar de palabras. Intuyó la necesidad de un desahogo verbal en su amigo, si bien no imaginó que siguiera derroteros tan originales, en los cuales Esther era una estrella apagada. En realidad, el relato se convirtió en una historia de terror infantil.

—Todo empezó con un sueño que tuve de niño —decía Dickie—. No fue una pesadilla, pero desde entonces la gitana estuvo siempre en mi sueño, incluso en esos sueños agradables de niño, con sus fiestas, galletas y cosas por el estilo. Aunque fuese feliz, sabía que, de alzar los ojos, la vería *a ella* allí, de pie, mirándome tristemente, como si ella supiese algo que yo ignoraba. No sé por qué me alteraba tanto... pero era así. Al despertarme, chillaba aterrorizado y mi niñera decía: «¡Vaya! ¡Dickie vuelve a tener uno de sus sueños de gitanos!»

—¿Te asustaba la presencia de gitanos?

—No había visto ninguno hasta mucho tiempo después. Por cierto que fue de un modo extraño. Buscaba a mi perro, que se había escapado. Salí por la puerta del jardín y me interné en el bosque. Entonces vivíamos en New Forest. Llegué a una especie de claro con un puente de madera sobre un arroyo. Junto a él vi a una gitana de pie con un pañuelo rojo anudado a la cabeza, igual que en mis sueños.

»Me asusté. Sus ojos reflejaban aquella tristeza..., como si supiese algo que yo ignoraba. De pronto me dijo muy suavemente, inclinando la cabeza: «*Yo de ti no pasaría por ahí*». Me sentí preso de un pánico cerval y, como una exhalación, crucé por delante de ella hacia el puente. Quizás estuviese podrido. Lo cierto es que se rompió y caí a la fuerte corriente. Tuve que luchar como un desesperado para no ahogarme. Jamás lo he olvidado.

—Ella lo que hizo fue advertirte.

—Comprendo que lo interpretes así —hizo una pausa antes de seguir—. Estos sueños no tienen nada que ver con lo sucedido después, al menos eso creo, pero sí son el punto de partida. Así comprenderás ese estado mío que llamo «sensación de gitana».

»Bien, te contaré lo ocurrido aquella primera noche en casa de los Lawes. Acababa de regresar de la costa oeste y me sentía feliz al pisar de nuevo las calles de Londres. Los Lawes eran viejos amigos. Llevaba sin ver a las niñas desde que tenía siete años. Arthur me escribía con frecuencia y, después de su muerte, fue Esther quien lo hizo, además de mandarme periódicos. Sus cartas eran muy alegres y tenían la virtud de animarme en grado sumo. Muy pronto nació en mí un deseo incontenible de verla. No satisface por completo conocer a una chica a través de sus cartas. Por eso lo primero que hice fue visitar a los Lawes. Esther se hallaba ausente, pero la esperaban aquella noche. A la hora de comer me senté junto a Rachel y, mientras observaba la larga mesa, me invadió una extraña sensación. Sentía sobre mí los ojos de alguien y eso me puso nervioso. Entonces la vi.

—¿A quién?

—A Mrs. Haworth, lo que te digo.

Macfarlane estuvo a punto de decir: «Pensé que sería Esther». Pero, por el contrario, guardó silencio. Dickie continuó:

—Algo en ella me era vagamente familiar. Permanecía sentada al lado del viejo Lawes, escuchando gravemente con la cabeza inclinada. Llevaba un pañuelo rojo alrededor del cuello, quizás no muy nuevo, si bien sus tersas puntas simulaban pequeñas lenguas de llama.

»Pregunté a Rachel: «¿Quién es aquella mujer morena que luce un pañuelo rojo?»

»—¿Te refieres a Alistair Haworth? ¿La que lleva el pañuelo rojo? Pero es rubia, *muy* rubia.

»Y lo era, ¿sabes? Su pelo tenía un maravilloso

amarillo pálido que resplandecía. No obstante, hubiera jurado que era morena. Pensé que mis ojos me gastaban una mala pasada.

»Después de comer, Rachel nos presentó y paseamos por el jardín. Hablamos sobre la reencarnación.

»—¡Eso no va con usted, Dickie!

»Desde luego. Le dije que a veces entre dos personas se establece una corriente de sensibilidad que los hace sentirse unidos... como si fueran viejos conocidos.

»Ella me contestó:

»—¿Se refiere al amor?

»Percibí una leve ansiedad en su voz, que trajo a mi mente el roce de un recuerdo inconcreto. Momentos después nos llamaba el viejo Lawes desde la terraza. Esther había llegado y quería verme. Mrs. Haworth me asió por el brazo:

»—¿Regresa usted a la casa? —me preguntó.

»—Sí —contestóe—. Debo hacerlo.

Dickie guardó silencio y Macfarlane apremió:

—¿Qué sucedió?

—Parecía una pesadilla. Mrs. Haworth me dijo: «*Si fuera usted, yo no iría*».

Dickie volvió a enmudecer, como si se concentrase en sus pensamientos. Al fin continuó:

—Me asustó. Me asustó terriblemente... porque lo dijo como si supiera algo que yo ignoraba. No se trataba de una mujer hermosa empeñada en retenerme en el jardín. Pese al tono amable de su voz, capté su angustia, síntoma inequívoco de su temor a lo que iba a pasar.

»Sé que reaccioné groseramente, pues di media vuelta y casi corrí a la casa, que me pareció un puerto seguro. Entonces comprendí cuánto temor le tuve desde el principio. La visión del viejo Lawes me resultó un gran alivio. Esther se hallaba detrás de él...

Dickie vaciló un momento y luego añadió casi en un susurro:

—Tan pronto la vi me supe perdido.

La mente de Macfarlane voló a Esther Lawes. En cierta ocasión oyó decir de ella que «era un metro ochenta y cinco de perfección judía». Una expresiva definición, se dijo, mientras recordaba su altura, la frágil blancura de mármol de su rostro, su delicada nariz y el negro esplendor de su pelo y sus ojos. No le sorprendió que la infantil simplicidad de Dickie capitulase. Sin embargo, Esther jamás hubiera acelerado los latidos de Macfarlane, si bien admitía el poder sugestivo de su extraordinaria belleza.

—Después —continuó Dickie— nos comprometimos.

—¿En seguida?

—Bueno, al cabo de una semana. Pero quince días más tarde ella averiguó que yo no le importaba mucho. —Dickie se rió amargamente—. La última noche antes de volver a mi barco, regresaba del pueblo a través del bosque cuando la vi *a ella*... me refiero a Mrs. Haworth. Lucía una roja boina de punto y esto casi me hizo saltar. Luego caminamos juntos un rato. Nada de cuanto dijimos afectaba a Esther, pero...

—¿Seguro?

Macfarlane, inquisitivo, observó a su amigo. Resulta curioso oír a la gente su versión sobre las cosas en que han sido actores sin proponérselo.

—Seguro —contestó Dickie, y luego añadió—: Mrs. Haworth me retuvo un momento cuando me disponía a irme y me dijo: «*Yo no me iría tan pronto a casa si fuera usted*». Y tuve la seguridad de que algo desagradable me aguardaba. En cuanto llegué, Esther salió a mi encuentro y me dijo que no estaba enamorada de mí.

Macfarlane le miró apenado.

—¿Y Mrs. Haworth? —preguntó.

—No he vuelto a verla hasta esta noche.

—¿Esta noche?

—Sí. En la clínica del doctor Johnny. Me examinaban la pierna herida en la guerra. Hace algún tiempo que me produce molestias. El doctor me aconsejó una operación... sin importancia. Abandonaba la clínica cuando me crucé con una enfermera que vestía una blusa roja sobre su uniforme. Ella me dijo: «*Yo no me operaría si fuese usted...*» Entonces advertí que se trataba de Mrs. Haworth. Pasó tan rápidamente que no supe detenerla. No obstante, pregunté a otra enfermera y ésta me aseguró que ninguna de ellas respondía a ese nombre.

—¿Estás seguro de que era Mrs. Haworth?

—Desde luego. Es muy guapa e inconfundible —cambió de tema—. Pienso operarme, aunque... si ha llegado mi hora...

—¡Bobadas!

—Claro que es una bobada. Sin embargo, me satisface haberte hablado de la gitana. Pero hay algo relacionado con ella, algo... ¡Si pudiera recordarlo!

2

Macfarlane ascendió por la empinada carretera hasta llegar a la verja abierta de una casa en la cima de la colina. Apretó sus mandíbulas y tiró de la campanilla.

—¿Está en casa Mrs. Haworth?

—Sí, señor. La avisaré.

La sirvienta lo dejó en una habitación rectangular, con ventanas que daban a la agreste tierra pantanosa.

Macfarlane frunció el ceño al pensar en lo que lo había traído allí. De pronto, le sobresaltó una voz que entonaba:

La joven gitana
vive en el páramo...

Al interrumpirse la tonada, su corazón latió más deprisa. Luego, se abrió la puerta.

Una aturdidora rubicundez escandinava entró

en la habitación, lo que casi le produjo un colapso. Pese a la descripción de Dickie, la había supuesto morena. Entonces recordó las palabras de su amigo y su tono peculiar al decirlas: «*Comprende, es muy bella...*» Una belleza perfecta es algo extraño. Y Alistair Haworth era una belleza perfecta.

Macfarlane se levantó y avanzó hasta ella.

—Temo que no me conozca por mi nombre, Adam. Los Lawes me dieron sus señas. Soy amigo de Dickie Carpenter.

Ella lo miró atentamente. Luego dijo:

—Me disponía a dar un paseo por el páramo. ¿Quiere acompañarme?

Abrió de par en par una de las puertas-ventana y salió al exterior. Él hizo otro tanto, y entonces vio a un hombre de aspecto bobalicón que fumaba sentado en un sillón de mimbre.

—Es mi marido —le dijo a Macfarlane, y volviéndose—: Vamos al páramo, Maurice. Mr. Macfarlane comerá con nosotros —y de nuevo al joven—: ¿Nos acompañará, verdad?

—Muchas gracias —contestó él.

Mientras seguía los ágiles pasos de ella hacia la colina, se preguntó: «¿Por qué, por qué diablos se casó con *eso*?»

Alistair se encaminó a unas rocas.

—Nos sentaremos aquí. Y dígame... lo que vino a decirme.

—¿Lo sabe ya?

—Sólo intuyo la proximidad de las cosas malas. Y es malo, ¿verdad? ¿Se trata de Dickie?

—Sufrió una pequeña operación con éxito. Pero su corazón debía ser débil, pues no resistió la anestesia.

Macfarlane no había esperado ninguna reacción en Alistair, si bien lo hubiera esperado todo menos aquel gesto de infinito desespero. Al fin, la oyó murmurar:

—Otra vez... esperar tanto tiempo... tanto tiempo...

Luego alzó la vista.

—¿Qué iba usted a preguntarme? —indagó.

—Una enfermera le advirtió contra la operación. Él creyó que era usted.

Alistair sacudió negativamente la cabeza.

—No. Pero tengo una prima que es enfermera. Quizás fue ella. Bien, supongo que eso ya no importa, ¿verdad? —de repente se agrandaron sus ojos y, con manifiesta sorpresa, exclamó—: ¡Oh, qué curioso! ¡Usted no me comprende!

Macfarlane, intrigado, la observaba.

—Le creí un iniciado. Su aspecto lo confirma.

—¿Qué confirma mi aspecto?

—El don, la maldición, llámelo como quiera. ¡Usted lo tiene! Mire fijo al fondo de las rocas. No piense en nada. ¡Ah! —Alistair notó su ligero sobresalto—. ¿Vio usted algo?

—Debe de haber sido un espejismo. Durante un segundo vi las piedras llenas de sangre.

Ella asintió.

—Ya había advertido que usted lo tiene. Ahí es donde los antiguos adoradores del Sol sacrificaban a sus víctimas. Lo supe antes de que nadie me lo dijera. A veces veo cómo lo hacían, como si yo misma hubiera estado allí. También hay algo en el páramo que me es tan familiar como mi propia casa. Pero es natural que yo posea el don. Soy una Ferguesson. Todos los miembros de mi familia lo poseen. Mi madre fue una médium hasta casarse. Se llamaba Cristine. Era bastante célebre.

—¿Se refiere usted al «don» de ver las cosas antes de que sucedan?

—Sí, el don de ver el futuro, el presente o el pasado. Por ejemplo, yo vi cómo usted se preguntaba por qué me casé con Maurice. ¡Oh, sí, no lo niegue! Siempre he sabido que estaba amenazado por algo terrible y quise salvarlo. Las mujeres somos así. Con mi don podía evitar que sucediese..., si es verdad que uno puede hacerlo. Ya ha comprobado que no me sirvió para ayudar a Dickie. Él no lo entendió. Tuvo miedo. Era muy joven.

—Veintidós años.

—Yo treinta. Pero no me refiero a eso. Hay muchos modos de estar separados, si bien la separación del tiempo es la peor.

El sonido de un gong procedente de la casa los hizo volver al mundo real.

Durante la comida, Macfarlane estudió a Maurice Haworth quien, indudablemente, estaba enamorado de su esposa. En sus ojos se advertía la feliz sumisión del perro. También observó la tierna correspondencia de ella, no exenta de instinto maternal.

—Estaré en la posada un día o dos más —le dijo Macfarlane a Alistair, ya en la puerta de la casa—. ¿Puedo venir mañana?

—Naturalmente, sólo que...

—¿Hay algún impedimento?

Ella se pasó la mano por los ojos.

—No lo sé. Supuse que no volveríamos a vernos, eso es todo. Adiós.

Macfarlane descendió lentamente el camino de regreso. Aunque su ánimo era esforzado, no pudo eludir la sensación de una fría mano oprimiéndole el corazón. Alistair no había dicho nada de particular y, sin embargo...

Una motocicleta surgió de improviso en un cruce, obligándole a saltar a la cuneta salvándose de la embestida por los pelos. Una grisácea palidez cubrió su rostro.

3

—¡Pardiez, mis nervios están disparados! —murmuró Macfarlane al despertarse a la mañana siguiente.

Recordó los sucesos de la tarde anterior: la motocicleta, el atajo y la repentina niebla que le hizo extraviarse cerca de una peligrosa ciénaga, el trozo de chimenea desprendido en la posada, el olor a quemado durante la noche, procedente de su manta sobre el brasero... Pero esto no sería nada, nada en absoluto, de no haber oído las palabras de ella al despedirse, y de su intuitiva seguridad en cuanto a que ella sabía...

Saltó del lecho con repentina energía, dispuesto a ir en su busca lo antes posible. Eso rompería el hechizo, *si llegaba felizmente*. ¡Señor, qué locura la suya!

Comió poco en el desayuno. A las diez, inició el ascenso por la carretera. A las diez y media, su mano tiraba de la campanilla. Entonces se permitió exhalar un largo suspiro de alivio.

—¿Está en casa Mrs. Haworth?

Era la misma mujer que le abrió la puerta el día anterior, pero su rostro aparecía bañado de dolor.

—¡Oh, señor! ¿No se ha enterado usted?

—¿Enterado, de qué?

—Mrs. Haworth, mi linda corderita... Era su tónico. Lo tomaba todas las noches. El pobre capitán está desconsolado, casi loco. Él se equivocó de frasco al cogerlo del estante en la oscuridad... Llamaron al médico, pero fue demasiado tarde.

En la mente de Macfarlane repiquetearon las viejas palabras: «*Siempre lo he sabido amenazado de algo terrible. Con mi don podía evitar que sucediese..., si es verdad que uno puede hacerlo*». Desgraciadamente, nadie puede cambiar el destino. Y, extraña fatalidad, éste había destruido a quien tantos quiso salvar.

La anciana sirvienta continuó:

—¡Mi linda corderita! Tan dulce y cariñosa, y su preocupación por cualquiera que estuviera en apuros. No soportaba que nadie sufriera —vaciló un segundo y luego añadió—: ¿Quiere usted subir a verla, señor? Ella me dijo que usted la conoció hace mucho tiempo. Muchísimo tiempo.

Macfarlane siguió a la anciana por las escaleras a una habitación al otro lado del salón, donde oyera cantar el día anterior. Las ventanas tenían cristales de colores que lanzaban su roja luz sobre la cabecera del lecho... *Una gitana con un pañuelo en la cabeza*... Tonterías, sus nervios volvían a jugarle una mala pasada. Miró largamente y por última vez a Alistair Haworth.

4

—Hay una señorita que desea verle, señor.

—¿Cómo? —Macfarlane, sorprendido, miró a su patrona—. Oh, perdone, Mrs. Rowe. Veía fantasmas.

—¿No lo dirá en serio, señor? Se ven cosas raras en el páramo a la caída de la noche, como la dama blanca, el herrero del diablo y el marinero y la gitana.

—¿El marinero y la gitana?

—Eso dicen, señor. Es una historia de mis tiempos. Estaban muy enamorados.

—¿Y no podría ser que ellos ahora...?

—¡Señor! ¿Qué cosas dice usted? La señorita aguarda.

—¿Qué señorita?

—La que espera en el salón. Miss Lawes.

—¡Oh! —exclamó Macfarlane.

¡Rachel! El recuerdo de ella le hizo descender a realidades más inmediatas, a la vez que lo elevaba a un estado de felicidad. Asomado al ventanal de un mundo tenebroso, se había olvidado de su prometida.

Abrió la puerta del salón y vio a su Rachel de ojos pardos y sinceros. De repente, como si despertase de un sueño, gozó la cálida y agradable sensación de estar vivo. ¡Vivo! ¡Sólo hay un mundo del cual estamos seguros! ¡Éste!

—¡Rachel! —dijo y, alzándole la barbilla, la besó.

Capítulo VIII

LA LÁMPARA

Sin lugar a dudas, era una casa vieja. Todo el conjunto era viejo, con ese desaprobadora vetustez dignificada de las ciudades con catedral. Pero el número diecinueve daba la impresión de ser la más vieja, la más gris, la más altiva, la más fría, con un solemne aire de patriarcado. Destilaba esa frialdad inhóspita que distingue a todas las casas deshabitadas desde hace mucho tiempo. Con austera desolación reinaba por encima de las otras.

En cualquier otra ciudad, se hubiera dicho que se trataba de una casa encantada. Pero no en Weyminster, donde sentían aversión por los fantasmas, a quienes se tenía por poco respetables, salvo los de las familias de alcurnia. Por eso, el número diecinueve jamás tuvo el sobrenombre de casa encantada. No obstante, lucía año tras año su rótulo: «*Se alquila o vende*».

Mrs. Lancaster miró aprobatoriamente la casa

desde el automóvil, sentada junto al verboso agente de fincas, que derrochaba buen humor ante la idea de sacarse de encima el número diecinueve, y que introdujo la llave en la cerradura sin aminorar sus elogios.

—¿Cuánto tiempo lleva deshabitada? —preguntó Mrs. Lancaster, cortando con cierta brusquedad el chorro verboso.

Mr. Raddish (de Raddish & Flopow), algo indeciso, contestó:

—Pues... algún tiempo.

—Se nota —contestó secamente Mrs. Lancaster.

El semioscuro recibidor era siniestramente frío. Una mujer más imaginativa se hubiera estremecido, pero no aquélla eminentemente práctica. Era alta, con abundante pelo castaño oscuro, que tendía a volverse gris, y fríos ojos azules.

Recorrió la casa desde el sótano hasta el desván, formulando preguntas pertinentes. Terminada la inspección, regresó a una de las habitaciones frontales que daba a la plaza y, con aire resuelto, preguntó al agente:

—¿Qué ocurre con la casa?

Mr. Raddish, cogido de sorpresa, contestó débilmente:

—Una casa sin amueblar resulta siempre algo lúgubre, claro.

—¡Tonterías! Es un alquiler bajísimo para una casa como esa. Debe de haber algún motivo. ¿Está encantada?

El agente dio un respingo, si bien no contestó.

Ella le observó un momento antes de añadir:

—No creo en fantasmas. Esas tonterías no son obstáculos que me impidan quedarme con la casa. Pero los sirvientes son muy crédulos y se asustan fácilmente. ¿Quiere usted decirme qué se supone que encanta este lugar?

—Yo... pues... realmente lo ignoro —tartamudeó el hombre.

—Estoy segura de que lo sabe. No aceptaré la casa si no me lo dice. ¿Qué fue? ¿Un asesinato?

—¡Oh, no! —gritó Mr. Raddish, en defensa de la reputación de la finca—. Es... bueno, sólo se trata de un niño.

—¿Un niño?

—Sí.

Tras una breve pausa, se decidió:

—Desconozco la verdadera historia. Existen muchas versiones. Unos treinta años atrás, un hombre llamado Williams alquiló el número diecinueve. Era un desconocido, sin criados ni amigos, y raras veces lo veían en la calle. Llegó acompañado de su hijo, un niño de corta edad. Después de permanecer aquí dos meses, un día se fue a Londres, donde la policía lo identificó al parecer acusado de algo grave. El hombre no quiso entregarse y se disparó un tiro. El niño continuó solo en la casa bien provisto de alimentos, a la espera del regreso de su padre.

»Desgraciadamente, tenía prohibido, por ninguna causa, salir de la casa y hablar con nadie. El pobre no se atrevió a desobedecer. Los vecinos, ignorantes de que el padre se había marchado, a menudo le oían sollozar de noche.

Mr. Raddish se detuvo y aspiró fuertemente.

—El niño se murió de hambre —dijo con el mismo tono que hubiera empleado para anunciar que empezaba a llover.

—¿Y es el fantasma del niño lo que se supone que vive aquí? —preguntó Mrs. Lancaster.

—En realidad, es algo sin importancia —se apresuró a tranquilizarla—. Nadie ha visto nada. Sólo se trata de un rumor: dicen que oyen llorar al niño.

Mrs. Lancaster se encaminó a la puerta principal.

—Me gusta mucho la casa. No es fácil que logre nada parecido por este precio. Ya le comunicaré mi decisión.

—Es muy alegre, ¿verdad, papá?

Mrs. Lancaster inspeccionó su nuevo hogar. Alegres alfombras, muebles bien bruñidos e infinidad de chucherías habían transformado el lúgubre aspecto del número diecinueve.

Hablaba a un anciano de hombros caídos y delicado rostro místico. Mr. Winburn no se parecía a su hija. El sentido práctico de ella contrastaba fuertemente con la soñadora abstracción de él.

—Sí —contestó con una sonrisa—. Nadie pensaría que estuvo encantada.

—¡Papá, no digas tonterías! Y menos en nuestro primer día aquí.

Mr. Winburn se sonrió.

—Muy bien, querida, estoy de acuerdo en que no existen los fantasmas.

—Por favor —suplicó su hija—. No menciones eso delante de Geoff. ¡Es tan fantasioso!

Geoff era el hijo de Mrs. Lancaster. La familia estaba formada por Mr. Winburn, su hija viuda y Geoffrey.

La lluvia empezó a golpear contra la ventana insistentemente.

—Escucha —dijo Mr. Winburn—. ¿Oyes pequeños pasos?

—No es más que la lluvia —contestó ella con una sonrisa.

—Pero *eso... eso* son pisadas —afirmó el anciano, inclinándose para escuchar.

La hija se rió divertida.

Mr. Winburn se rió también. Tomaban el té en el salón y el anciano se hallaba sentado de espaldas a la escalera.

El pequeño Geoffrey bajó lentamente las escaleras de bruñido roble y sin alfombra, con la temerosa precaución de un niño en un lugar extraño. Luego fue a situarse junto a su madre. Mr. Winburn dio un ligero respingo al oír otras pisadas en las escaleras, como de alguien que siguiera a su nieto. Sí, era un lento y penoso arrastrar de pies.

Se encogió de hombros. «La lluvia, sin duda», pensó.

—¿Hay bizcochos? —dijo Geoffrey con la naturalidad de quien sólo menciona una circunstancia interesante.

Su madre se apresuró a complacerlo.

—Bien, hijito, ¿te gusta tu nueva casa? —preguntó.

—Muchísimo —respondió el niño con la boca llena—. Mucho, mucho y más mucho.

Después de tan original afirmación, que evidentemente expresaba el más profundo contento, se dio a la tarea de hacer desaparecer los bizcochos en el menor tiempo posible.

Tras tomar el último bocado, su verborrea se desató.

—Mamaíta, Jane dice que hay desvanes. ¿Puedo *ezplorarlos*? Quizás encuentre una puerta secreta. Jane dice que no hay ninguna, pero yo creo que sí. Y si no, encontraré *cañerías, cañerías de agua* —su faz era de éxtasis—. ¿Me dejarás que juegue con ellas? ¿Me permites que busque *la caldera*?

Pronunció la última palabra con tanto entusiasmo que a su abuelo le avergonzó recordar una instalación que sólo mediante un esfuerzo imaginativo facilitaba agua caliente, y también numerosas facturas del fontanero.

—Mañana verás los desvanes, cariño. Ahora entretente con tu caja de construcciones haciendo una casa o una locomotora— dijo su madre.

—No quiero construir una *caza*.

—Casa.

—Casa, ni tampoco una locomotora.

—Construye una caldera —sugirió el abuelo.

Geoffrey se animó.

—¿Con tuberías?

—Sí, con muchas tuberías.

El niño corrió feliz en busca de su caja de construcciones.

La lluvia no aminoraba. Mr. Winburn escuchó. Sí, debía ser la lluvia, si bien había sonado como si fueran pasos.

Aquella noche tuvo un extraño sueño.

Soñó que caminaba por una gran ciudad donde sólo vivían niños. Eran muchos niños, multitud de ellos. De pronto, se vio rodeado de caritas que gritaban: «¿Lo has traído?» Como si entendiera a qué se referían, entristecido sacudió la cabeza. Entonces los niños se alejaron de él y empezaron a llorar.

La ciudad y los niños se esfumaron al despertarse, pero los sollozos seguían en sus oídos. Recordó que Geoffrey dormía en el piso de abajo, pero el llanto procedía de arriba. Se sentó y encendió un fósforo. Instantáneamente, los sollozos cesaron.

Mr. Winburn no contó a su hija nada de aquello, pese a estar seguro de que no era una jugarreta de su imaginación. No tardó mucho en oírlos de día. El aullido del viento al filtrarse por las ventanas tenía un sonido distinto de los inconfundibles y lastimeros sollozos.

Tampoco tardó mucho en saber que no era el único en captarlos. Casualmente escuchó el comentario de la doncella: «La niñera no debe ser muy amable con Geoffrey. El niño ha llorado desconsoladamente esta mañana.» Pero su nieto había bajado a desayunar rebosante de salud y de felicidad. No, no era Geoff quien había llorado, sino aquel otro niño cuyos arrastrantes pies le sobresaltaban con demasiada frecuencia.

Mrs. Lancaster era la única que no había oído nada.

No obstante, también sufrió un sobresalto.

—Mamaíta —le dijo su pequeño—, me gustaría jugar con aquel niño.

Sonriente, alzó la cabeza del escritorio y con tono amable preguntó:

—¿Qué niño?

—No sé su nombre. Lloraba en el desván, sentado en el suelo, pero se fue corriendo al verme —y, despectivamente, añadió—: Quizás se avergonzó. Luego, estando yo en mi cuarto de jugar entretenido con mis construcciones, lo vi de pie en el umbral. Miraba lo que yo hacía y su aspecto era triste, como si quisiera jugar conmigo. Le dije: «*Ven y construye una locomotora*», pero no me contestó. Sólo me miraba como si viera un montón de chocolatinas y su mamaíta le hubiera prohibido tocarlas. —Geoff suspiró en respuesta desalentada a sus propios sentimientos—. Jane dice que no hay ningún niño en la casa y me ha prohibido hablarle de cosas tontas. No quiero a Jane.

Mrs. Lancaster se levantó.

—Jane tiene razón. No hay niños en ningún lugar de la casa.

—Pero yo lo vi. ¡Oh, mamaíta, déjame jugar con él, parece solo y triste!

Cuando Mrs. Lancaster se disponía a contestar a su hijo, el anciano habló suavemente:

—Geoff, ese pobrecito niño está solo y quizás puedas hacer algo para consolarlo, si bien debes intentarlo sin la ayuda de nadie, como si fuese un acertijo, ¿comprendes?

—¿Es que me hago *mayor* y por eso tengo que intentarlo yo solo?

—Sí, te haces mayor.

Cuando el muchachito salió de la habitación, Mrs. Lancaster se volvió un tanto impaciente hacia su padre.

—Papá, es absurdo animar al niño a creer en esos gratuitos cuentos de los sirvientes.

—Ningún sirviente le ha dicho nada al niño —replicó el anciano—. Él ha visto... lo que yo *oigo*, lo que, posiblemente, vería si tuviera su edad.

—¡Bobadas! ¿Por qué no lo veo o lo oigo yo?

Mr. Winburn sonrió cansadamente sin decir nada.

—¿Por qué? —repitió su hija—. ¿Y por qué le dijiste que podía ayudar a... esa cosa? Tú sabes que es imposible.

El anciano, pensativo, la miró.

—¿Por qué no? Recuerda estas palabras:

¿Con qué lámpara puede el destino
guiar a los infantes en la oscuridad?
«¡Con una comprensión ciega!», replicó el cielo.

»Geoffrey tiene esa comprensión ciega. Todos los niños la poseen. Sólo cuando nos hacemos mayores la perdemos o la alejamos de nosotros. Muchos, al volvernos viejos, sentimos de nuevo débiles destellos de esa comprensión. Sin embargo, la luz arde más brillante en la infancia. Por ello pienso que Geoffrey puede ayudar de algún modo a ese niño.

—No lo comprendo —murmuró Mrs. Lancaster.

—No más que yo. Ese niño está en apuros y quiere ser liberado. ¿Cómo? Lo ignoro. Es terrible pensar en la triste situación de *un niño* que llora sin consuelo.

Un mes después de esta conversación, Geoffrey cayó muy enfermo. El viento del este había sido implacable y él no era un niño fuerte. El doctor dijo que el caso era grave. Con Mr. Winburn fue más claro y le confesó que no había esperanza.

—El niño no hubiera llegado a edad adulta. Hace mucho tiempo que tiene un pulmón afectado.

Mrs. Lancaster cuidaba de su hijo cuando por vez primera advirtió la presencia del otro niño. Al principio, los sollozos eran casi indistinguibles entre los demás ruidos que provocaba el viento, pero gradualmente se hicieron más claros, más inconfundibles. Al fin, los oyó sin lugar a dudas en los momentos de absoluto silencio: sollozos desgarradores, sin esperanza, que partían el corazón.

Geoff, cada vez en peor estado, en su delirio hablaba del niño.

—¡Quiero ayudarle a que huya, quiero ayudarle! —repetía a gritos.

Luego, un largo letargo de muerte lo sumía en una quietud sin casi respiración ni consciencia. Nada podía hacerse, salvo esperar y vigilar. Días después sobrevino una noche tranquila, sin un soplo de aire.

De repente, Geoff se agitó y sus ojos, desmesuradamente abiertos, miraron por encima de su madre a la puerta abierta. Ella se inclinó para captar sus palabras apenas suspiradas.

—Bueno, ya me voy —dijo, y cayó hacia atrás.

Aterrada, Mrs. Lancaster salió de la habitación en busca de su padre. En alguna parte, cerca de ellos, el otro niño, alegre, satisfecho, triunfante, desgranaba una risa de plata que hacía eco en la habitación.

—¡Estoy asustada! ¡Estoy asustada! —repitió entre gemidos.

El anciano pasó su brazo protector alrededor de los hombros de su hija. Una ráfaga de viento hizo que los dos se sobresaltaran, si bien pasó veloz, dejando tras de sí la misma quietud de antes.

La risa había cesado, pero un nuevo y tenue sonido, que apenas podía oírse, fue creciendo hasta hacerse identificable. Eran pasos, pasos ligeros que se alejaban presurosos.

Aquellos alarmantes y familiares piececillos corrían acompasados, seguidos de *otros* que se movían más rápida y ágilmente. Al fin, *juntas*, las pisadas cruzaron la puerta.

Mrs. Lancaster, aterrada, exclamó:

—¡Son *dos* niños... *dos*!

Su tez se cubrió con el gris del terror y quiso aproximarse al lecho del hijo, pero el anciano la contuvo y señaló hacia el exterior.

—Allí.

Los pasitos decrecieron hasta diluirse en la distancia. Luego, todo fue silencio.

Capítulo IX

EL EXTRAÑO CASO DE SIR ARTHUR CARMICHAEL

(Tomado de las notas del difunto doctor Edward Carstairs, eminente psicólogo)

Sé que hay dos modos distintos de considerar los trágicos sucesos que narro. Pero también una cosa es cierta: jamás he dudado en cuanto a su veracidad. Quizás por eso me decidí a escribir la historia completa de tan raros e inexplicables hechos con el fin de que no se perdieran en el olvido.

Un telegrama de mi amigo, el doctor Settle, me puso en contacto con este asunto. Salvo el nombre de Carmichael, el resto del telegrama me fue indiferente. Sin embargo, a las 12.20 subí al tren que va de Paddington a Wolden, en Hertfordshire.

Había conocido superficialmente al difunto sir William Carmichael, de Wolden, y si bien no había tenido noticias suyas en los últimos once años, le sabía padre del actual baronet, un joven de unos veintitrés años. Vagamente recordé rumores oídos acerca del segundo matrimonio de sir William. Éstos no lograron atravesar la cortina del olvido, aunque sí emitieron sentimientos desfavorables para la segunda lady Carmichael.

Settle me recibió en la estación.

—Celebro que haya venido —fueron sus palabras mientras estrechaba mi mano.

—Gracias. Supongo que se trata de algo relacionado con mi especialidad.

—Exacto.

—¿Un caso mental, entonces, con síntomas especiales?

Habíamos recogido mi equipaje y, sentados en una calesa, nos alejábamos de la estación hacia Wolden, a unas tres millas de distancia. Settle tardó algunos minutos en contestarme:

—¡Es algo incomprensible! Se trata de un joven de veintitrés años, normal en todos los aspectos. Un muchacho agradable y simpático, sin más peros que su vanidad. Quizás no sea un brillante intelectual, pero sí un tipo excelente. Una noche se acuesta pletórico de salud y, a la mañana siguiente, lo encuentran vagando idiotizado por el pueblo, incapaz de reconocer a sus familiares más queridos.

—¡Ah! —exclamé, animado ante un caso que prometía ser interesante—. ¿Pérdida de memoria? ¿Cuándo sucedió?

—Ayer por la mañana, nueve de agosto.

—¿Y no ha sufrido ningún percance que explique su trastorno?

—No.

Tuve una repentina sospecha.

—¿Se reserva usted algo?

—No... no.

Su vacilación confirmó mi sospecha.

—Debo saberlo todo.

—No guarda relación con Arthur. En realidad, se trata de la casa.

—¿De la casa? —repetí estupefacto.

—Usted ha tratado mucho esa clase de cosas, ¿verdad, Castairs? Usted conoce bien el asunto de las casas encantadas. ¿Qué opinión le merecen?

—De cada diez casos, nueve son supercherías. El décimo... suele ser un fenómeno inexplicable. Yo creo en las ciencias ocultas.

Settle asintió con la cabeza. En aquel momento, rodeábamos la verja del parque. Entonces me señaló con una fusta una blanca mansión al pie de la colina.

—Ahí tiene la casa. En ella existe *algo* demoníaco... pavoroso. Todos lo «sentimos». Créame, no soy un hombre supersticioso.

—¿Qué forma adopta?

Él miró de frente.

—Prefiero que no sepa nada. Usted ignora su naturaleza. Esperemos a comprobar si lo advierte también.

—Conforme. Bien, hábleme de la familia.

—Sir William se casó dos veces. Arthur es el hijo de su primera esposa. La actual lady Carmichael es algo misteriosa. Sólo es medio inglesa y sospecho que su otra mitad es asiática.

—Settle, a usted no le gusta lady Carmichael.

Lo admitió.

—No, no me gusta. Siempre me ha parecido que estaba rodeada de una atmósfera siniestra. De este segundo matrimonio nació otro hijo que cuenta ahora ocho años. Sir William falleció hace tres años y Arthur heredó el título y la casa. Su madrastra y su hermano continuaron con él en Wolden. Debo decirle que la herencia está muy empobrecida. Casi toda la renta de sir Arthur se va en mantenerla. Lady Carmichael percibe un vitalicio de unos cientos de libras al año como única herencia. Por fortuna para ella, siempre se ha llevado muy bien con Arthur y éste se alegró de que siguiera en la casa. Ahora bien...

—Continúe.

—... hace dos meses Arthur empezó una relación con una encantadora muchacha, miss Phyllis Patterson —y su voz emitió vibraciones de emoción—. Iban a casarse el próximo mes. Ella está aquí ahora. Imagínese su dolor.

Incliné la cabeza en silenciosa comprensión.

Ya cerca de la casa, contemplé a nuestra derecha el verde prado en declive. De repente, vi un cuadro encantador. Una joven cruzaba lentamente el prado hacia la casa. Al ir sin sombrero, el sol arrancaba destellos de su pelo dorado. Llevaba una cesta con rosas, y un precioso gato persa gris serpenteaba cariñoso entre sus pies.

Miré a Settle.

—Es miss Patterson —explicó.

—Pobrecilla —dije—. ¡Qué cuadro más bello forma con las rosas y su gato gris!

Al oír como un sofoco, miré rápidamente a mi amigo. Las riendas se habían deslizado de sus dedos y su rostro aparecía blanco como el papel.

—¿Qué ocurre? —exclamé.

Le vi esforzarse en recuperar la normalidad, pero no me contestó.

Instantes después, lo seguía al interior de un salón verde donde estaba servido el té.

Una mujer de mediana edad, aún bella, se levantó al vernos con las manos extendidas.

—Le presento a mi amigo el doctor Carstairs, lady Carmichael.

No sé explicar la instintiva repulsión que sentí cuando tomé la mano que me ofrecía aquella encantadora y robusta mujer, cuyos movimientos tenían la suave gracia oriental, cosa que me hizo recordar la suposición de Settle sobre su sangre oriental.

—Ha sido muy amable al venir, doctor Carstairs —dijo con voz baja y musical—. Espero que nos ayude a resolver nuestro grave problema.

Contesté algo trivial y ella me sirvió el té.

Al poco rato, la joven que había visto en el prado entró en la habitación. El gato ya no la seguía, pero sí llevaba el cesto lleno de rosas en la mano. Settle nos presentó.

—El doctor Settle nos ha hablado mucho de usted —dijo la joven—. Tengo la seguridad de que hará algo por el pobre Arthur.

Ciertamente, miss Patterson era una joven encantadora, pese a la palidez de sus mejillas y a los círculos oscuros que enmascaraban sus límpidos ojos.

—Mi querida señorita, no desespere. La pérdida de memoria, o la aparición de una segunda personalidad, a menudo es de corta duración. En cualquier momento, el paciente puede recuperar la totalidad de sus facultades.

Ella lo negó con la cabeza.

—No creo en una segunda personalidad. Arthur ha dejado de ser él y carece ahora de personalidad. No es *él*...

—Phyllis, querida —interrumpió lady Carmichael—. ¿Te sirvo el té?

Algo en la expresión de sus ojos me gritó que no sentía ningún amor hacia su futura nuera.

Miss Patterson rechazó el té y yo traté de reanimar la conversación.

—¿No tomará el gatito un tazón de leche?

Ella me miró de un modo raro.

—¿El... gatito?

—Sí, su compañero de hace unos momentos en el jardín.

Fui interrumpido por un chasquido: lady Carmichael había volcado la tetera y el agua caliente se derramaba por el suelo. Phyllis Patterson miró expectante a Settle. Éste se levantó.

—¿Quiere visitar a su paciente ahora, Carstairs?

Lo seguí. Miss Patterson vino con nosotros. Settle se sacó una llave del bolsillo.

—A veces le acomete el deseo incontenible de vagar por ahí —explicó—. Por eso cierro con llave la puerta cuando me ausento de la casa.

Al fin entramos en la habitación.

Un joven permanecía junto a la ventana, donde los últimos rayos solares esparcían su amarilla tonalidad del atardecer. Se hallaba curiosamente inmóvil, encogido y con todos los músculos relajados. Supuse que no había advertido nuestra presencia hasta que, de repente, vi sus ojos al acecho. Al cruzarse nuestras miradas, desvió sus pupilas y parpadeó, si bien continuó inmóvil.

—Arthur —dijo Settle—, Miss Patterson y un amigo mío han venido a verte.

La respuesta fue un nuevo parpadeo. No obstante, segundos después nos miraba otra vez con la misma furtiva insistencia.

—¿Quieres tu té? —preguntó Settle, en voz alta y ansiosa, como si le hablase a un niño.

Y dejó en la mesa una taza llena de leche. Yo lo miré sorprendido y él me sonrió.

—La única cosa que acepta es la leche.

Sin prisas, sir Arthur descompuso su posición acurrucada y caminó lentamente hacia la mesa. Advertí que sus movimientos eran silenciosos: sus pies no hacían ruido alguno al pisar. Cuando llegó a la mesa se desperezó, extendiendo cuanto pudo una pierna hacia delante y la otra hacia atrás. Luego bostezó. Jamás he contemplado un bostezo semejante. Su cara pareció convertirse toda ella en una boca abierta.

Luego observó la leche y se inclinó hasta que sus labios tocaron el líquido.

Settle contestó a mi mudo interrogante:

—No utiliza las manos en absoluto. Es como si hubiera vuelto al estado primitivo. Raro, ¿verdad?

Phyllis Patterson se estremecía a mi lado y yo coloqué la mano en su brazo para animarla.

Cuando se hubo acabado la leche, Arthur Carmichael volvió a desperezarse y luego, con los mismos silenciosos pasos, regresó a su asiento de la ventana, donde se acomodó tan encogido como antes, mientras parpadeaba al mirarnos.

Miss Patterson temblaba cuando salimos al pasillo.

—Doctor Carstair —casi sollozó—. No es él... esa cosa. ¡Dentro de eso no está Arthur!

Denegué con la cabeza.

—El cerebro puede jugar malas pasadas, miss Patterson.

Confieso que me sentí intrigado con el caso. Presentaba aspectos poco corrientes. Si bien era la primera vez que veía al joven Carmichael, algo en su peculiar modo de andar y en cómo parpadeaba me recordó a alguien o a alguna cosa que no supe identificar.

Aquella noche la cena transcurrió en silencio,

salvo los intentos de conversación hechos por lady Carmichael y por mí. Cuando las señoras se hubieron retirado, Settle me preguntó qué pensaba de mi anfitriona.

—Ignoro por qué causa o razón me disgusta intensamente —dije—. Usted está en lo cierto, tiene sangre oriental y yo diría que domina algunos poderes ocultos. Es una mujer de extraordinaria fuerza magnética.

Settle pareció a punto de decir algo, pero se contuvo y, al rato, me informó:

—Está absolutamente dedicada a su hijo.

Nos trasladamos al salón verde, donde tomamos el café y, mientras conversábamos sobre los tópicos del día, el gato empezó a maullar lastimeramente al otro lado de la puerta, como si quisiera entrar. Nadie hizo caso, salvo yo que, inducido por mi afición a los animales, me levanté.

—¿Puedo hacer que entre? —pregunté a lady Carmichael.

Su rostro había palidecido. El vago movimiento de su cabeza fue interpretado por mí como asentimiento y, encaminándome a la puerta, la abrí. El pasillo estaba desierto.

—¡Qué raro! —exclamé—. Hubiera jurado que oí un gato.

Cuando regresé a mi silla, todos me observaron intensamente. Esto me hizo sentirme sumamente incómodo.

Al despedirnos, Settle me acompañó hasta mi dormitorio.

—¿Tiene cuanto precisa? —me preguntó, mirando a su alrededor.

—Sí, gracias.

Aún se entretuvo como si hubiese algo que deseara decirme, si bien era manifiesta su falta de decisión.

—Me habló usted de algo pavoroso que había en la casa —le recordé—. No obstante, todo me parece normal.

—¿La considera usted una casa alegre?

—Ciertamente no, aunque sólo se debe a las circunstancias. Es obvio que está sumida en la sombra de un gran dolor. Sin embargo, en cuanto a influencias anormales, le concedería certificado de salud.

—Buenas noches —se despidió Settle—. Le deseo felices sueños.

Y soñé. El gato gris de miss Patterson parecía impreso en mi cerebro. Toda la noche el maldito animal fue el único dueño y señor de mis sueños.

Me desperté sobresaltado y entonces comprendí por qué el gato se hallaba incrustado en mis pensamientos. Maullaba persistente al otro lado de la puerta. Así me era imposible conciliar el sueño. Encendí una vela y me encaminé a la puerta. El pasillo estaba desierto, pero los maullidos seguían oyéndose. Supuse que el desgraciado animal se hallaba encerrado en alguna parte, incapaz de salir. Hacia la izquierda se veía el final del pasillo, con la puerta del dormitorio de lady Carmichael. Me dirigí a la derecha y, apenas había recorrido unos pasos, cuando oí los maullidos detrás de mí. Me giré bruscamente y entonces volví a oírlos detrás de mí, *a mi derecha*.

Algo, quizás una corriente de aire, me hizo estremecer y regresé a mi alcoba. Pero entonces el silencio se enseñoreó de la noche y pude dormirme. Desperté en un esplendoroso día de verano.

Mientras me vestía, vi desde la ventana al causante de mi desazón nocturna. El gato gris se deslizaba lenta y cautelosamente por el prado. Imaginé que el objetivo de su ataque sería una bandada de pájaros no muy alejada de él.

Entonces sucedió algo muy curioso. El gato pasó por entre los pájaros, casi tocó alguno; pero no volaron. ¡Incomprensible!

Tanto me impresionó el suceso que a la hora del desayuno lo comenté.

—Lady Carmichael —dije—, su gato es un ejemplar único.

El rápido tintineo de una taza sobre un platito me obligó a mirar a Phyllis Patterson, cuyos labios entreabiertos denotaban ansiedad.

Siguió un momento de silencio, hasta que lady Carmichael me contestó, no muy agradable:

—Temo que sufre un error. No hay ninguno aquí. Nunca tuve un gato.

Comprendí mi inoportunidad y cambié de tema.

Sin embargo, aquel asunto me tenía intrigado. ¿Por qué lady Carmichael afirmaba que nunca había tenido un gato en casa? ¿Era entonces de miss Patterson y su presencia se mantenía oculta a la dueña? Quizás lady Carmichael profesase una de esas antipatías a los gatos, tan frecuentes hoy. Pero semejante explicación no era convincente. Ahora bien, no disponía de otra y tuve que contentarme de momento con esa.

El enfermo se hallaba en el mismo estado. Le hice un examen a fondo y pude observarlo mejor que la noche anterior. Sugerí que estuviera el mayor tiempo posible con la familia. Con ello esperaba tener mejor oportunidad de estudiarlo en sus momentos de abandono, y quizás la rutina de todos los días despertase en él algún destello de inteligencia. Sin embargo, sus modales no sufrieron alteración. Se mostraba pacífico, dócil, ausente, si bien ejercía una intensa y astuta vigilancia. Una cosa me sorprendió sobremanera: su afecto por lady Carmichael. Ignoraba por completo a miss Patterson y siempre se las arreglaba para sentarse lo más cerca posible de su madrastra. Una vez le vi refregar con la cabeza el hombro de ella en muda expresión de amor.

Me preocupó. Tenía que haber una explicación para todo aquello.

—Es un caso muy extraño —dije a Settle.

—Sí —contestó—. Es muy... sugestivo. Me miró furtivamente y, luego, preguntó:

—Dígame, ¿no le recuerda nada?

Sus palabras me produjeron una sensación desagradable, al mismo tiempo que renacía mi impresión del día anterior.

—Recordarme, ¿qué?

Movió la cabeza desalentado

—Quizás es pura imaginación mía —murmuró—. Sí, debe de ser eso.

Y no quiso hablar más del asunto.

Había un misterio alrededor del caso. Me hallaba obsesionado, a la vez que un sentimiento de frustración hacía mella en mí ante la imposibilidad de aclararlo. Otro caso de menor importancia lo constituía el gato gris. Por alguna razón desconocida me alteraba los nervios. Soñaba con gatos, o los imaginaba, o los oía. También solía ver a distancia el hermoso ejemplar. Y la seguridad de que había algún misterio relacionado con él me ponía frenético. Guiado por un instintivo impulso, le pregunté al criado:

—¿Sabe usted algo de un gato que suelo ver aquí?

—¿Un gato, señor?

Su evidente sorpresa me desconcertó.

—¿No hubo... no hay... un gato?

—Milady *tuvo* un gato, señor. Era su favorito. Pero fue sacrificado. Una gran lástima, pues era un bello ejemplar.

—¿Un gato gris? —pregunté.

—Sí, señor. Un gato persa.

—¿Y dice usted que fue sacrificado?

—Sí, señor.

—¿Seguro que lo mataron?

—¡Oh, totalmente seguro, señor! Milady no lo quiso mandar al veterinario. Lo mató ella misma hace cosa de una semana. Está enterrado debajo del abedul, señor.

El criado salió de la habitación, dejándome sumido en mis meditaciones.

¿Por qué afirmó tan rotundamente lady Carmichael que jamás había tenido un gato?

Intuí que en tan banal asunto había algo muy significativo. Busqué a Settle y me lo llevé aparte.

—Settle, quiero hacerle una pregunta. ¿Ha visto u oído un gato en esta casa?

No demostró sorpresa ante la pregunta. Más bien parecía aguardarla.

—Lo he oído, pero no lo he visto.

—Sin embargo, el primer día estaba en el prado, con miss Patterson.

Me miró fijamente.

—Vi a la señorita caminando por el césped. Nada más.

Empecé a comprender.

—Entonces el gato...

Asintió.

—Quería probar si usted, libre de prejuicios, lo oía como nosotros.

—Así, ¿lo oyen todos?

Asintió de nuevo.

—Es raro —murmuró pensativo—. Jamás supe de un gato que encantase un lugar.

Le conté lo que había sabido por el lacayo y él se sorprendió.

—Pero, ¿qué significa? —pregunté completamente desorientado.

Sacudió la cabeza.

—¿Quién sabe? Carstairs, la verdad es que tengo miedo. El grito de ese animal suena amenazador.

—¿Amenazador? —pregunté—. ¿Para quién?

Extendió las manos.

—Lo ignoro.

Después de la cena comprendí el significado de sus palabras. Nos hallábamos en el salón verde, como la noche de mi llegada, cuando se oyó de nuevo el insistente maullido al otro lado de la puerta. Pero esta vez, inconfundiblemente, había enfado en su tono. Maulló fiero y amenazador. Luego, al cesar, el pomo exterior de la puerta fue tocado violentamente por lo que me pareció la inconfundible zarpa de un gato.

Settle, alarmado, gritó:

—¡Juraría que es real!

Se precipitó a la puerta y la abrió de par en par.

Allí no había nada.

Regresó secándose la frente. Phillis estaba pálida y temblorosa, y lady Carmichael intensamente pálida. Sólo Arthur, acuclillado y satisfecho como un chiquillo, mantenía la cabeza sobre las rodillas de su madrastra, tranquilo.

Miss Patterson me asió por el brazo y nos fuimos al piso superior.

—¡Doctor! —exclamó—. ¿Qué es esto? ¿Qué significa?

—No podemos saberlo aún, mi querida señorita. No obstante, quiero averiguarlo. No tema, estoy convencido de que no existe peligro alguno para usted.

Ella me miró dubitativa.

—¿Está seguro?

—Sí —contesté con firmeza.

Y esta seguridad me la dio el recuerdo del modo amoroso con que el gato se había frotado en sus pies. Sin duda, la amenaza no era para ella.

Después de interminables intentos, logré conciliar un intranquilo sueño del que me desperté sobresaltado. Oí un ruido, como si algo fuera violentamente rasgado o roto. Salté del lecho y me precipité al pasillo. Settle apareció en la puerta de su habitación. El sonido procedía de nuestra izquierda.

—¿Lo oye, Carstairs? ¿Lo oye?

Corrimos a la puerta de lady Carmichael. Nada se cruzó con nosotros y, sin embargo, el ruido había cesado. Nuestras velas se reflejaron blanquecinas en los brillantes paneles de la puerta de lady Carmichael. Nos miramos.

—¿Sabe qué era? —me susurró.

Asentí.

—Las zarpas de un gato que rompía o arañaba algo —me estremecí con su solo recuerdo.

Con repentina exclamación, bajé la candela que aguantaba.

—¡Mire aquí, Settle!

Una silla, junto a la pared, mostraba su asiento rasgado y roto a largas tiras.

La examinamos detenidamente. Settle me miró preocupado.

—¡Zarpas de gato! —exclamó con el aliento contenido—. Son inconfundibles —sus ojos se trasladaron de la silla a la puerta cerrada—. Ahí está la persona amenazada: ¡lady Carmichael!

Ya no pude conciliar el sueño. Las cosas se hallaban en un estado que exigía una actuación inmediata. En cuanto me era posible intuir, solo una persona tenía la clave de la situación. Sospeché que lady Carmichael sabía mucho más de cuanto había dicho.

Observé su mortal palidez a la mañana siguiente, mientras jugueteaba con la comida en su plato. Después del desayuno, le rogué un aparte. No me anduve por las ramas.

—Lady Carmichael, tengo motivos para creer que se halla en grave peligro.

—¿De veras? —contestó con maravillosa indiferencia.

—Aquí existe una «cosa», una «presencia»... evidentemente hostil a usted.

—¡Qué tontería! —murmuró—. No creo en esa clase de idioteces.

—La silla de su puerta fue hecha trizas anoche.

—¿Y bien?

Levanté las cejas con fingida sorpresa, pues comprendí que no le había dicho nada que ignorase.

Ella continuó:

—Alguna broma estúpida, imagino.

—No fue una broma —repliqué—. Será mejor que me diga por su propio bien... —me detuve.

—¿Que le diga qué? —inquirió.

—Todo cuanto pueda echar luz sobre este asunto —contesté gravemente.

Se rió antes de decirme:

—No sé nada. Absolutamente nada.

Ninguna de mis advertencias logró inducirla a que me revelase algo. No obstante, seguí convencido de que sabía mucho más que cualquiera de nosotros y que poseía la clave del asunto, cosa que los demás ignorábamos.

Pese a su tozudez, adopté cuantas precauciones pude, convencido de que ella se encontraba en un grave e inminente peligro. Antes de que lady Carmichael se retirase a su dormitorio aquella noche, Settle y yo lo registramos minuciosamente. Después decidimos hacer guardia en el pasillo.

Me tocó el primer turno, que pasó sin incidente alguno. A las tres, Settle me relevó. Me sentía cansado tras una noche en vela y me dormí en seguida. Tuve un sueño muy curioso.

Soñé que un gato gris se hallaba sentado a los pies de mi cama y que sus ojos permanecían fijos en los míos, en triste súplica. Luego, con la facilidad de los sueños, capté su deseo de que lo siguiera. Y así lo hice. Me condujo por una gran escalera al otro lado de la casa y pronto nos hallamos en lo que evidentemente era la biblioteca. Se detuvo y levantó sus patas delanteras hasta descansarlas en el primer estante de libros. Luego repitió aquella mirada de súplica.

El gato y la librería se esfumaron y me desperté para hallarme en una soleada mañana.

La vigilancia de Settle transcurrió también sin incidente alguno. Entonces le rogué que me llevase a la biblioteca. Ésta coincidió en todos los detalles con mi visión. Incluso señalé el sitio exacto donde el gato me había mirado tristemente por última vez.

Los dos permanecimos allí, silenciosos y perplejos. De repente, se me ocurrió una idea y me agaché para leer los títulos de los libros. Así fue como observé que faltaba uno en la hilera.

—Han sacado un libro de aquí —dije a Settle.

Él se agachó a mi lado.

—Mire —exclamó—. Hay un clavo en la parte de atrás que ha desprendido un fragmento del volumen que falta.

Separó cuidadosamente el trocito de papel. No tenía más que una pulgada cuadrada, pero en él estaban impresas dos palabras significativas: «El gato...»

—Esto me causa escalofríos —aseguró Settle—. Es algo horrible.

—Daría cualquier cosa por saber qué libro es el que falta —dije—. ¿Sabe usted si hay algún medio de averiguarlo? .

—Quizás haya un catálogo. Puede ser que lady Carmichael...

Lo negué con la cabeza.

—Lady Carmichael no dirá nada.

—¿Usted cree?

—Estoy seguro de ello. Mientras nosotros navegamos por un mar de tinieblas, lady Carmichael *está al corriente* de todo. Y por motivos que sólo ella sabe, no quiere decir nada. Prefiere afrontar un riesgo cierto antes que romper su silencio.

El día transcurrió con esa tranquilidad que tanto se asemeja a la calma que antecede a la tormenta. No obstante, tuve la sensación de que el problema galopaba hacia su solución. Hasta entonces, mi esfuerzo había resultado inútil, pero ya vislumbraba el rayo de luz que soldaría los hechos para ofrecernos el triunfo de aquella batalla entre tinieblas.

¡Sucedió del modo más inesperado!

Vino a nuestro encuentro cuando nos hallábamos reunidos en el saloncito verde, después de la cena. Era tal el silencio guardado allí que incluso un ratoncillo se atrevió a cruzar el salón, desencadenando la hecatombe.

Arthur Carmichael saltó de la silla y, con el cuerpo tembloroso, corrió velozmente detrás del roedor. Éste halló refugio entre las tablas del friso y el joven se acuclilló, vigilante, con el cuerpo aún tembloroso por el ansia.

¡Algo horrible! Jamás he vivido un momento semejante. Allí se desvanecieron todas mis dudas en cuanto a lo que me recordaba Arthur Carmichael. Me lo revelaron sus pasos suaves y sus ojos al acecho. Como un rayo, la explicación ilógica, increíble, se abrió paso en mi mente. Quise rechazarla por imposible, por absurda y, no obstante, cada vez se afianzaba más y más en mi cerebro.

Apenas recuerdo lo que sucedió después. Todo parece borroso e irreal. Sé que subimos al piso superior, nos deseamos buenas noches, casi temerosos de mirarnos a los ojos, seguros de hallar confirmación a nuestros pensamientos.

Settle se situó junto a la puerta de la habitación de lady Carmichael para hacer la primera guardia, quedando en que me llamaría a las tres de la madrugada.

En realidad, cualquier temor sustentado por lo que pudiera sucederle a lady Carmichael se había borrado en mí debido a la sugestión de mi fantástica, inaudita teoría. Traté de convencerme de que era imposible y, pese a ello, la seguridad de haber descubierto la verdad tomó carta de naturaleza en todos mis razonamientos.

De repente, la quietud de la noche fue alterada por Settle, que gritó llamándome. Al precipitarme al pasillo, lo vi golpear con todas sus fuerzas la puerta de lady Carmichael.

—¡El demonio se la lleve! —gritó—. ¡Se ha encerrado con llave!

—Pero...

—¡*Está* ahí dentro, hombre! ¡Con ella! ¿No lo oye?

Al otro lado de la puerta, se oyó un largo maullido de furor. Y luego, a continuación, un horrible grito seguido de otro. Reconocí la voz de lady Carmichael.

—¡Derribemos la puerta! —grité—. ¡Otro minuto y será demasiado tarde!

Empujamos con nuestros hombros la puerta, con todas nuestras fuerzas. De pronto, cedió con un gran crujido y casi nos caímos en el interior de la habitación.

Lady Carmichael se hallaba en el lecho bañada en sangre. Raras veces he visto un espectáculo más horrible. Su corazón aún latía, pero sus heridas eran terribles, puesto que la piel de su garganta aparecía destrozada.

Lleno de temor, susurré:

—¡Son zarpazos!

Un escalofrío supersticioso recorrió todo mi ser.

Curé y vendé las heridas y sugerí a Settle que mantuviésemos en secreto la naturaleza de los zarpazos, especialmente a miss Patterson. Luego puse un telegrama solicitando una enfermera.

El amanecer clareaba por la ventana.

—Vístase y acompáñeme —pedí a Settle—. Lady Carmichael no corre peligro ahora.

Poco después salíamos juntos al jardín.

—¿Qué piensa hacer?

—Desenterrar el cuerpo del gato —contesté—. Quiero asegurarme.

Encontré un azadón en el cobertizo de las herramientas y nos pusimos a trabajar debajo del gran abedul. No resultó ser una tarea agradable. Hacía una semana que el animal estaba muerto.

Pero vi lo que deseaba:

—Aquí lo tiene —dije—. Un gato idéntico al que vi el primer día.

Settle olió aquella peste de almendras amargas aún perceptible.

—Ácido prúsico —resumió.

Asentí.

—¿Qué le sugiere? —preguntó.

—Lo que a usted.

Sabía que mis conjeturas eran compartidas por él, pues, evidentemente, habían pasado también por su cerebro.

—¡Imposible! —murmuró—. ¡Imposible! —su voz pareció morir estrangulada—. El ratón de anoche... pero... ¡no, no puede ser!

—Lady Carmichael es una mujer extraña —afirmé—. Tiene poderes ocultos, hipnóticos. Sus antepasados son asiáticos. ¿Qué uso ha hecho de esos poderes en la naturaleza débil y obediente de Arthur Carmichael? Recuérdelo, Settle, si Arthur Carmichael se convierte en un imbécil permanente, aficionado a su madrastra, todo su patrimonio será de ella y... de su hijo, a quien adora según me dijo usted. ¡Y Arthur iba a casarse!

—¿Qué podemos hacer, Carstairs?

—Nada concreto —contesté—, salvo interponernos entre lady Carmichael y la venganza.

Lady Carmichael mejoraba lentamente. Sus heridas cicatrizarían, si bien las señales de aquel terrible asalto perdurarían de por vida.

Jamás me he sentido tan impotente. El poder

que nos había derrotado seguía incólume. Esto me indujo a pensar en la conveniencia de que lady Carmichael, una vez estuviese suficientemente restablecida, fuese enviada lejos de Wolden. Quizás así su poder maligno perdiese efectividad.

Pasados algunos días, decidimos que el dieciocho de septiembre lady Carmichael se trasladase a otro lugar, pero la mañana del catorce sobrevino el inesperado desenlace.

Me hallaba en la biblioteca discutiendo detalles sobre el viaje de lady Carmichael con Settle, cuando una alterada sirvienta se precipitó dentro de la habitación.

—¡Oh, señor! —gritó—. ¡Venga! Mr. Arthur se ha caído en el estanque. Resbaló en el bote, perdiendo el equilibrio, y salió despedido. Lo vi desde la ventana.

Sin pérdida de tiempo, corrí seguido de Settle. Phyllis, que oyó las explicaciones de la criada, hizo otro tanto.

—¡No teman! —nos gritó—. Arthur es un nadador excelente.

Sin embargo, un secreto temor aceleró mi marcha. La superficie del estanque aparecía quieta, y el bote que se deslizaba perezosamente sobre ella. De Arthur no había rastro alguno.

Settle se quitó la americana y las botas.

—Buscaré desde aquel bote —gritó—. Hágalo usted desde éste y use el remo. El estanque no es muy profundo.

Sentimos la angustia de la eternidad en una

búsqueda infructuosa. Los minutos se sucedían interminables. Al fin, cuando ya deseperábamos, lo encontramos. Entonces llevamos a la orilla el cuerpo, aparentemente sin vida, de Arthur Carmichael.

Mientras viva no podré olvidar la desesperada agonía del rostro de Phyllis.

—No.., no... estará... —sus labios rechazaban la temida palabra.

—No, querida —dije—. Lo reanimaremos, no tema.

Sin embargo, yo sabía cuán débil era la esperanza. Había permanecido en el fondo del estanque demasiado tiempo. Settle se fue a la casa en busca de mantas y otras cosas necesarias, y yo empecé a hacerle la respiración artificial.

Trabajé vigorosamente durante una hora sin percibir señales de vida. Pedí a Settle que me relevase y me reuní con Phyllis.

—Temo que sea inútil —le dije suavemente—. Arthur está más allá de toda ayuda.

La joven se quedó inmóvil un momento y, luego, de repente, se abalanzó contra el cuerpo sin vida.

—¡Arthur! —gritó desesperada—. ¡Arthur! ¡Vuelve a mi! ¡Arthur... vuelve... vuelve...!

En el silencio del jardín, su voz resonó con ecos de angustia. Algo inaudito me hizo tocar el brazo de Settle.

—¡Mire! —exclamé.

Un leve color volvía al rostro del ahogado.

Entonces puse una mano sobre su corazón y capté débiles latidos.

—¡Siga con la respiración! —grité—. ¡Se recupera!

Los minutos parecieron volar. Poco después, sus ojos se abrían.

Asombrado, advertí que *en sus ojos había inteligencia, que eran humanos*.

Luego se posaron en Phyllis.

—Hola, Phil —dijo débilmente—. ¿Eres tú? Creía que no llegabas hasta mañana.

Ella, incapaz de articular una sola palabra, le sonrió. Sir Arthur observó los alrededores con creciente aturdimiento.

—¿Dónde estoy? ¡Qué mal me siento! ¿Qué me ocurre? Hola, doctor Settle.

—Ha estado a punto de ahogarse, eso es todo —le informó Settle.

El joven hizo una mueca.

—¿Cómo sucedió? ¿Es que andaba sonámbulo?

Settle denegó con la cabeza.

—Debemos llevarlo a la casa —intervine, adelantando un paso.

Él me miró sorprendido y Phillis me presentó.

—El doctor Carstairs, que pasa una temporada aquí.

Lo alzamos entre los dos y nos dirigimos a la casa. Sir Arthur, como asaltado por una idea inquietante, miró a Settle.

—Doctor, eso no me fastidiará para el doce, ¿verdad?

—¿El doce? —intervine sorprendido—. ¿Se refiere usted al doce de agosto?

—Sí, el próximo viernes.

Pero fue Settle quien contestó.

—Estamos a catorce de septiembre.

El aturdimiento de sir Arthur era evidente.

—Pero... creí que estábamos a ocho de agosto. ¿He estado enfermo?

Phyllis se adelantó para responderle suavemente:

—Sí, has estado enfermo.

Él frunció el ceño.

—No lo entiendo. Me sentía perfectamente cuando me acosté anoche..., si bien parece que no fue anoche. He soñado. Recuerdo que he soñado mucho —su ceño se contrajo sin esforzarse—. ¿Qué he soñado? ¡Ah, sí! Fue algo espantoso. Alguien me dijo que era un gato. ¡Sí, un gato! ¡Qué raro! En realidad, no se trataba de un sueño como tantos otros. ¡Era algo más... horrible! No puedo precisar bien. Todo se esfuma cuando pienso en ello.

Le así por el hombro.

—Déjelo, sir Arthur. Conténtese con... olvidar.

Me miró intrigado y asintió. Capté un suspiro de alivio en Phyllis. Habíamos llegado a la casa.

—¿Dónde está mi madre? —preguntó de repente el enfermo.

—No se encuentra muy bien, querido —contestó la joven tras una pausa momentánea.

—¡Pobre! —en su voz había auténtica pena—. ¿Dónde está? ¿En su habitación?

—Sí. Pero es mejor que no la moleste ahora —intervine yo.

Sentí cómo mis palabras morían heladas en mis labios. La puerta del saloncito verde se abrió para dar paso a lady Carmichael, envuelta en una bata.

Sus ojos permanecieron fijos en Arthur y, si alguna vez he visto una mirada de culpabilidad y terror, fue entonces. De pronto, se llevó la mano a la garganta.

Arthur avanzó hacia ella con infantil afecto.

—Hola, madre. ¿También te has lastimado? Lo siento.

Lady Carmichael retrocedió con los ojos dilatados. Luego, súbitamente, chilló como una alma condenada y se desplomó hacia atrás en la puerta abierta.

Me acerqué a ella y la observé. Luego dije a Settle:

—Deprisa, lleve a sir Arthur arriba y regrese de nuevo. ¡Lady Carmichael está muerta!

Settle tardó muy poco en regresar.

—¿Qué fue? —preguntó.

—Un *shock* —contesté muy fúnebre—. ¡La impresión de ver a Arthur Carmichael, *el verdadero* Arthur Carmichael, vuelto a la vida! Diga si quiere, como yo prefiero llamarlo, un castigo de Dios.

—¿Quiere usted decir...? —vaciló.

Le miré a los ojos y me comprendió.

—Una vida por otra —asentí.

—Pero...

—Un accidente extraño e imprevisto permitió que el espíritu de Arthur Carmichael volviese a su cuerpo —expliqué—. En realidad, había sido asesinado.

Settle me miró receloso.

—¿Con ácido prúsico? —me preguntó en voz baja.

—Sí, con ácido prúsico.

Settle y yo jamás hemos hablado de esto. No es probable que nadie lo creyera. Para todos, sir Arthur Carmichael sufrió una pérdida de memoria, lady Carmichael se había lacerado la garganta al parecer en un ataque de locura y la aparición del gato gris fue pura imaginación.

Pero hay dos hechos injustificables. Uno es la silla desgarrada y el otro, aún más significativo, el catálogo de la biblioteca encontrado después de una intensa búsqueda. El volumen que faltaba era un antiguo y curioso libro que versaba sobre metamorfosis de los seres humanos en animales.

Arthur nada sabe de lo sucedido. Phyllis ha cerrado con llave el secreto de aquellas semanas en su propio corazón y jamás, estoy seguro, lo revelará al marido que tanto ama y que regresó de la tumba al conjuro de su llamada.

Capítulo X

LA LLAMADA DE LAS ALAS

1

Silas Hamer se enteró de ello una glacial noche de febrero. Él y Dick Borrow regresaban de una cena ofrecida por Bernard Seldon, el especialista en enfermedades nerviosas. Borrow había estado desacostumbradamente silencioso y Silas le preguntó, no sin cierta curiosidad, en qué pensaba. La respuesta del otro fue inesperada:

—Pienso que sólo dos de entre los reunidos esta noche son felices. Y esos dos, por extraño que parezca, somos usted y yo.

La frase «por extraño que parezca» se justificaba a sí misma, pues no había dos hombres más distintos entre sí que Richard Borrow, el dinámico pastor, y Silas Hamer, el complaciente hombre cuyos millones eran la comidilla de todos los hogares.

—Es raro —musitó Borrow—. Usted es el único millonario satisfecho que conozco.

Hamer guardó silencio un momento. Cuando habló, su tono era alterado.

—Antes era un desarrapado jovenzuelo vendedor de periódicos. Entonces soñaba con la posición que tengo ahora: comodidad, lujo y dinero. Eso sí, nunca deseé dinero como fuente de poder, sino para gastarlo... en mí. Soy franco, ya lo ve. El dinero no lo puede todo, eso dicen. Quizás sea cierto. Sin embargo, me ayuda a obtener cuanto me gusta y eso hace que me sienta satisfecho. Soy un materialista, Borrow, un soberbio materialista. ¡Lo sé!

La bien iluminada y amplia calle era testigo de su confesión. Las líneas de su cuerpo se perdían en el grueso abrigo de piel, mientras la blanquecina luz iluminaba los gruesos rollos de carne de su barbilla. En cambio, Dick Borrow era delgado, con un rostro ascético y ojos de fanático.

—Es *usted* —dijo Hamer con énfasis— a quien no puedo entender.

Borrow sonrió.

—Yo vivo en el centro de la miseria, de la necesidad y del hambre... Las máximas enfermedades de la carne. Pero una visión constante me sostiene. No es fácil que lo entienda, a menos que crea usted en las visiones.

—No creo —dijo Silas—. Tampoco creo en nada que no pueda verse, oírse o tocarse.

—Exacto. Ésa es la diferencia entre nosotros dos. Bien, adiós. La tierra me traga ahora.

Habían llegado a la iluminada puerta del metro que debía usar Borrow para ir a su casa.

Hamer continuó solo, satisfecho de haber prescindido de su coche aquella noche y optado por regresar a pie. El aire soplaba cortante y helado, produciéndole el calor de su abrigo de piel una deliciosa y consciente sensación de bienestar.

Se detuvo un momento en el borde de la acera antes de cruzar la calzada. Vio un enorme autobús que se aproximaba y, con la gozosa tranquilidad de quien dispone de tiempo sobrado, esperó a que pasara. De haber querido cruzar antes de que llegase el vehículo, hubiera tenido que apresurarse y esto lo consideraba de mal gusto.

De pronto, un borracho, escoria de la raza humana, bajó tambaleante de la acera. Hamer percibió un grito, el fuerte chirrido de los frenos del autobús y, con creciente horror, estúpidamente, sus ojos miraron hacia el montón de harapos en medio de la calzada.

Como por arte de magia, una multitud se congregó alrededor de dos policías y del conductor del vehículo. Sin embargo, los ojos de Hamer sólo veían la horrible y fascinadora quietud de aquel fardo sin vida que había sido un hombre: ¡un hombre como él mismo! Un estremecimiento helado ascendió por su espina dorsal.

—No se culpe, jefe —dijo alguien de aspecto zafio a su lado—. Usted no hubiera podido evitarlo.

Hamer lo miró. La posibilidad de salvar a aquel

desgraciado, ciertamente, no se le había ocurrido. Se sacudió la absurda idea como si fuera propia de un loco. Eso hubiera hecho que él mismo... Interrumpió el decurso de sus pensamientos y, sintiéndose indispuesto, se apartó de la muchedumbre. Temblaba. Al fin, secreta e íntimamente, se confesó que *temía* la muerte, esa muerte que llega a terrible velocidad y es tan implacable ante el rico como ante el pobre.

Caminó más deprisa, si bien el nuevo temor no dejó de envolverlo en su frío sudario.

Esto le hizo irreconocible a sí mismo, pues su naturaleza no era cobarde. Pensó que cinco años atrás no hubiera sido presa de tal miedo. Entonces la vida no era tan dulce. Sí, eso debía de ser: el amor a una vida muelle y de horizontes rosados cuyo primer nubarrón acababa de aparecer, proyectando sobre él la sombra de la implacable muerte.

Abandonó la iluminada calle para seguir por un estrecho pasaje de altas paredes, que llevaba directamente a la plaza donde se hallaba su mansión, famosa por sus tesoros de arte.

El ruido de la calle se fue debilitando tras él, hasta que solo captó el suave roce de sus propios pasos.

Súbitamente, de la oscuridad del callejón le llegó otro sonido. Sentado junto a una de las paredes, un hombre tocaba una flauta. Uno de tantos músicos callejeros, naturalmente, pero... ¿por qué había elegido aquel lugar? A semejantes horas de la noche, la policía... Sus reflexiones murieron al advertir sobresaltado que el hombre carecía de piernas. Un par de muletas descansaban contra la pared. Hamer vio que no tocaba una flauta, sino un extraño instrumento cuyas notas eran mucho más altas.

El músico no se percató de su llegada. Mantenía la cabeza echada hacia atrás, como si gozase con su propia tocata, cuyas notas se sucedían generosas y alegres en un interminable *crescendo*.

En realidad, no se trataba de una pieza musical propiamente dicha, sino de un extraño compás semejante al lento giro de los violines de *Rienzi*, repetido una y otra vez, pasando de clave a clave, de armonía a armonía, pero siempre en *crescendo*.

Hamer nunca había escuchado una música igual. Tenía una extraña cualidad inspiradora y, al mismo tiempo, parecía elevarlo a uno. Hamer, sobrecogido, se agarró con ambas manos a la pared en busca de un punto de apoyo.

De repente advirtió que la música había cesado. El hombre sin piernas cogía sus muletas. Y él, Silas Hamer, permanecía agarrado como un loco a un saliente de piedra, temeroso de ser arrebatado del suelo por una música que lo empujaba hacia arriba.

Se rió de su propio miedo. ¡Qué absurda imaginación la suya! Sus pies no habían dejado de tocar el suelo. Sin embargo, ¡qué extraño y vívido realismo el de su sensación! El rápido «toc toc» de las muletas sobre el pavimento le recordó que el músico se alejaba. Siguió con la mirada al hombre hasta donde fue tragado por la oscuridad. «¡Vaya tipo!», se dijo.

Caminó despacio, incapaz de borrar de su mente la sensación de la tierra al fallar debajo de sus pies.

Un repentino impulso lo precipitó hacia delante, en busca del desconocido. No podía estar muy lejos, lo alcanzaría. Tan pronto divisó la vacilante figura, gritó:

—¡Oiga! ¡Un momento!

El inválido esperó inmóvil a que Hamer llegase a su altura. Una lámpara que ardía por encima de su cabeza hizo visibles sus rasgos. Silas Hamer contuvo el aliento con involuntaria sorpresa. El hombre poseía la testa de belleza más singular que jamás viera. No era ya un mozo, y si bien tenía esa edad indefinible del hombre maduro, la juventud y el vigor destellaban en todo su ser.

Hamer no supo cómo iniciar la conversación. Tras breves segundos, aunque trabajosamente, se decidió:

—Quisiera... quisiera saber qué... qué tocaba hace un momento.

La sonrisa del inválido pareció impregnar de alegría el mundo entero.

—Una tonada muy vieja —dijo—. Una tonadilla de hace muchos años, de hace muchos siglos.

Hablaba con extraña pureza y claridad. Evidentemente no era inglés y Hamer sintió el deseo de conocer su nacionalidad.

—Usted no es inglés. ¿De dónde procede?

Nuevamente la amplia y contagiosa alegría de su sonrisa bañó a Silas.

—De más allá del mar, señor. Llegué hace mucho, muchísimo tiempo.

—Veo que ha sufrido un grave accidente. ¿No será reciente?

—Hace ya algún tiempo, señor.

—Ya es mala suerte perder ambas piernas.

—No lo crea —contestó el desconocido—. Eran malas.

Hamer le dio un chelín y se alejó vagamente intranquilo. «Eran malas.» ¡Qué raras sonaban esas dos palabras en boca de un inválido! Quizás le operaron a consecuencia de una enfermedad.

Hamer se fue a su casa. Ya en la cama, intentó sacudirse el recuerdo de lo que había pasado. Al fin el plomo adormecedor cayó sobre sus párpados, mientras un reloj vecino tocaba la una. Fue un golpe claro y luego el silencio. Pero al silencio sucedió un amortiguado sonido familiar. Hamer también oyó el latido de su corazón.

El hombre del pasaje volvía a tocar no lejos de allí. Sus notas llegaban alegres, invitadoras. Cada vez se hacían más claras, como si fuesen ondas que se persiguieran a través del espacio. Pero esas ondas le empujaban a él, Silas Hamer, hacia el infinito.

No obstante, *algo* tiraba de su cuerpo hacia abajo. Y al mismo tiempo que ascendía impulsado por las ondas, aquel algo lo arrastraba implacablemente a una sima.

Desde la cama observó la ventana frente a él. La respiración se le hizo difícil y dolorosa. Extendió un brazo fuera del lecho y el movimiento le pareció insufrible. La blandura de la cama se le antojó opresiva, como opresivos también eran los pesados cortinajes de la ventana que bloqueaban la luz y el aire. El techo parecía presionar sobre él. Sentía ahogos, sofocos. Se movió un poco debajo del cubrecama y la pesadez de su cuerpo fue la más aprensiva de todas las sensaciones.

2

—Necesito su consejo, Seldon.

Seldon apartó un poco la silla de la mesa. Desde que se produjo la invitación, no había cesado de preguntarse cuáles serían los motivos que justificaban una cena para dos. Apenas había visto a Hamer desde el invierno y aquella noche percibía un cambio indefinible en su amigo.

—Es algo ridículo, lo sé —dijo el millonario—. Pero estoy preocupado conmigo mismo.

Seldon se sonrió mientras lo miraba por encima de la mesa.

—Su aspecto es saludable.

—No es eso —Hamer se detuvo un momento, y luego añadió quedamente—: Temo que me estoy volviendo loco.

El neurólogo alzó la cabeza, visiblemente interesado. Sin la menor prisa, se sirvió un vaso de oporto y preguntó suavemente:

—¿Qué se lo hace suponer?

—Algo que me ha sucedido. Algo inexplicable, increíble. No puede ser cierto, por eso me vuelvo loco.

—Cálmese —invitó Seldon—, y cuéntemelo con detalle.

—No creo en lo sobrenatural —empezó Hamer—. Jamás he creído. Pero esto... Bueno, es mejor que le cuente toda la historia desde el principio. Empezó el pasado invierno, una noche, después de haber cenado con usted.

Entonces, breve y concisamente, le narró todos los sucesos que viviera camino de su casa.

—Aquello fue el principio. No sé explicar bien la sensación que experimento. Sólo sé que es maravilloso, distinto a todo lo sentido o soñado. Desde entonces, se repite con mucha frecuencia. Oigo la música y empiezo a flotar y elevarme hasta que se produce la pugna de las dos fuerzas, una que tira de mí hacia arriba y otra hacia la tierra. Luego viene el dolor físico del despertar. Es como bajar de una alta montaña. ¿Conoce el dolor de oídos que produce? Pues bien, lo mío es esto, sólo que intensificado. A ello se une la terrible sensación de ser aplastado.

Tras una pausa, continuó:

—Los criados ya me creen loco. No puedo soportar el tejado ni las paredes, y duermo en un lugar dispuesto en la alto de la casa, a cielo abierto, sin muebles, cortinas ni alfombras. Aun así, las casas cercanas me oprimen del mismo modo. Prefiero el campo abierto, donde puedo respirar —miró a Seldon—. ¿Le halla alguna explicación?

—Desde luego. Hay sobradas explicaciones. Usted ha sido hipnotizado o se ha autohipnotizado. Sus nervios están alterados. O puede que sea un simple sueño que se va repitiendo.

Hamer sacudió la cabeza.

—Ninguna de esas explicaciones sirve.

—Hay otras —contestó Seldon—, pero no gozan de mucho crédito.

—¿Las admite *usted*?

—En líneas generales, sí. Muchas cosas escapan a la comprensión humana y carecen de explicación. Entiendo que es mucho lo que ignoramos y no cierro mi mente a ellas.

—¿Qué me aconseja? —preguntó Hamer tras un breve silencio.

Seldon se inclinó hacia delante.

—Aléjese de Londres en busca de «su campo abierto». Los sueños pueden cesar.

—No lo deseo —contestó Hamer rápidamente—. He llegado al extremo de que no sé pasar sin ellos, ni quiero.

—Lo comprendo. Hay otra alternativa: busque a ese sujeto, el inválido. Usted le atribuye toda clase de poderes sobrenaturales. Háblele y quizás rompa su maleficio.

Hamer volvió a sacudir la cabeza.

—¿Por qué no? —preguntó Seldon.

—Tengo miedo.

El neurólogo hizo un gesto de impaciencia.

—No crea tan ciegamente en esas cosas. Pero dígame, la tonadilla, ¿qué le recuerda?

Hamer la tarareó y Seldon escuchó con el ceño fruncido.

—Recuerda la obertura de *Rienzi*. Es cierto que da la sensación de algo que se eleva, si bien no advierto causa suficiente para que se sienta alzado de la tierra. No obstante, esas levitaciones suyas, ¿son todas exactamente iguales?

—No, no —Hamer se inclinó hacia delante—. Parecen sometidas a una escala progresiva, pues cada vez soy consciente de algo nuevo. Es difícil explicarlo. Primero es como si llegase a un lugar desconocido, impulsado por la música, aunque no directamente. Tengo la impresión de que las ondas se suceden y cada una me eleva un poco más, hasta que la última me sitúa en el punto más alto, de donde ya no puedo pasar. Permanezco allí algún tiempo y luego otra fuerza me arrastra hacia abajo.

»En realidad, eso que llamo un lugar es más bien *un estado*. Aunque, posiblemente, esta denominación sólo sea correcta en cuanto al principio. Cuando regreso, sé que hay cosas a mi alrededor que aguardan a ser percibidas. Piense en un cachorro. Sus ojos al principio no ven. El animal tiene que educar su vista. Pues algo así es lo que me sucede a mí. Los sentidos naturales de la vista y el oído no me sirven, como si ellos aún no estuvieran desarrollados, si bien un sexto sentido, no corporal, los reemplaza. Así, poco a poco, percibo sensaciones de luz, de sonido, de color, pero de un modo vago. Es más bien un conocimiento intuitivo de las cosas, más bien que verlas u oírlas. Primero capté una luz que se hacía más fuerte y clara. Luego arena, grandes extensiones de arena rojiza, y aquí y allá, largas líneas de agua, como si fuesen canales.

Seldon contuvo el aliento.

—*¡Canales!* Esto es interesante. ¡Siga!

—Eso carece de importancia. Son más sugestivas las demás cosas reales que no podía ver, pero sí oír. Por ejemplo, un sonido parecido a un aleteo que, de algún modo, y no sé explicarlo, me pareció glorioso. No hay nada en la tierra que pueda compararse le. ¡Al fin *vi las alas*! Sí, Seldon, ¡las alas!

—¿Qué son: hombres, ángeles o pájaros?

—Lo ignoro. Aún no los he visto. Pero *el color de las alas* es algo maravilloso.

—¿El color de las alas? —repitió Seldon—. ¿Qué color?

Hamer movió su mano con gesto indefinido.

—¿Cómo voy a explicárselo? ¡Dígale a un ciego cómo es el color azul! Es un color que usted jamás ha visto.

—¿Y bien?

—Eso es todo. Al menos por ahora. Salvo que el regreso es peor, más doloroso cada vez. No lo comprendo. Estoy convencido de que mi cuerpo jamás abandona el lecho, como también que no alcanzo *físicamente* ese lugar. Siendo así, ¿por qué tanto dolor físico?

Seldon, silencioso, sacudió la cabeza.

—El regreso es algo terrible —continuó Hamer—. Primero se produce *el tirón* y luego el dolor que afecta a cada uno de mis miembros y nervios. Los oídos amenazan con estallar y todo *me presiona*, produciéndome una angustiosa sensación de encarcelamiento. Entonces deseo libertad.

—¿Y cuál es su postura ante las cosas que tanto significan para usted en este mundo? —preguntó Seldon.

—Eso es lo peor. Siguen gustándome tanto, si no más, como antes. Y estas cosas, comodidad, lujo, placer, tiran de mí hacia un punto distinto del lugar donde están las alas. Es una lucha sorda que no sé cómo terminará.

Seldon nada contestó. La extraña historia que había escuchado era fantástica. ¿Sería delirio, alucinación o, posiblemente, real? De serlo, ¿por qué *Hamer* entre todos los hombres? Aquel materialista que amaba la carne y negaba el espíritu era el menos indicado para tener visiones de otro mundo.

Por encima de la mesa, Hamer le miró ansioso.

—Supongo —dijo Seldon lentamente— que la única solución es aguardar. Aguardar y ver qué sucede.

—¡No puedo! ¡Le digo que no puedo! Sus palabras demuestran que no me entiende. Esa cosa me destroza con su terrible lucha... Esa lucha a muerte entre... entre...

—La carne y el espíritu —añadió Seldon.

Hamer, con voz desalentada, concedió:

—Supongo que sí. De todos modos, es insoportable. No puedo liberarme...

Una vez más, Bernard Seldon sacudió la cabeza. El hombre se debatía en la tenaza de lo inexplicable.

—Si yo fuera usted —aconsejó—, buscaría al inválido.

De regreso a su casa, murmuró para sí:

—¡Canales... qué raro!

3

Silas Hamer salió a la calle el día siguiente con una nueva determinación en su ánimo. Estaba decidido a seguir el consejo de Seldon y buscar al hombre sin piernas. No obstante, en su fuero interno estaba convencido de que la búsqueda sería infructuosa, pues el hombre habría desaparecido como si la tierra se lo hubiera tragado.

Los edificios que había a ambos lados cerraban el paso a la luz del sol, convirtiendo el pasaje en oscuro y misterioso. A mitad del camino, vio el único sitio donde unos rayos del sol iluminaban una figura sentada en el suelo. La figura...¡era el músico!

Su instrumento permanecía apoyado contra la pared junto a las muletas, mientras él cubría las losas con dibujos hechos con tiza de colores. Dos acabados mostraban escenas rústicas de maravillosa y delicada belleza: árboles frondosos entre los cuales discurría un saltarín arroyuelo.

Hamer dudó. ¿Se trataba de un simple músico callejero o de un destacado artista decorador de pavimentos?

De repente, sus nervios le traicionaron y gritó:

—¿Quién es usted? Por lo que más quiera, ¡dígame quién es usted!

Los ojos del inválido se encontraron con los suyos y parecían sonreír.

—¿Por qué no me contesta? ¡Hable, dígame algo!

El hombre dibujaba entonces con increíble velocidad en una losa. Hamer siguió el movimiento de su mano, y lo que sólo eran unos trazos inconcretos se iban transformando en árboles gigantes. Al fin apareció un hombre sentado que tocaba un instrumento de muchos agujeros —como una flauta—, cuyo rostro era extrañamente hermoso y que tenía *piernas de cabra*. La mano del inválido hizo un movimiento rápido y las patas de cabra desaparecieron. Luego alzó la cabeza y sus ojos se encontraron con los de Hamer.

—Eran malas —dijo.

Hamer, fascinado, lo miraba fijamente. El rostro del músico era el rostro dibujado, si bien más bello. Sus facciones purificadas mostraban ahora una intensa realidad de vida gozosa.

Hamer huyó del pasaje a la brillante luz del sol, repitiéndose: «Imposible, imposible. ¡Estoy loco! ¡Sueño!» Pero se sentía hechizado.

Entró en el parque y se sentó en una silla. En aquella hora desierta, sólo algunas niñeras con sus pequeños permanecían sentadas a la sombra de los árboles y, aquí y allá, sobre el césped, como islas en un mar verde, yacían algunos hombres.

«Condenados vagabundos», fue la expresiva definición que hizo Hamer de ellos... No obstante, los envidiaba.

De todos los seres creados eran los únicos libres. Tenían la tierra debajo, el cielo encima y el mundo entero a su disposición. Aquellos hombres desarraigados no estaban encadenados.

Entonces comprendió cuál era la causa de su esclavitud: aquello que más veneraba, aquello que amaba por encima de todas las cosas: ¡la riqueza!

Pero, ¿lo era? ¿Realmente lo era? ¿No habría una verdad más profunda? ¿Era el dinero o su amor al dinero? Sí, sus ligazones tenían la marca de algo fabricado por su propia voluntad. No era la riqueza en sí, sino el amor a la riqueza lo que formaba los eslabones de aquella cadena que le privaba de la libertad. Claramente conocía ahora las dos fuerzas que lo desgarraban: la fuerza del materialismo, sujetándolo al suelo, y la imperativa llamada de las «alas».

Y si una peleaba, la otra no le iba a la zaga.

Podía oír, de hecho oía, las exigencias de la última: «No debes ponerme condiciones —le decía—. Yo estoy por encima de todas las cosas. Para seguir mi llamada has de renunciar a todo lo demás y cortar las amarras que te atan. Sólo los libres llegarán a donde yo llevo.»

—¡No puedo! —gritó Hamer—. ¡No puedo!

Algunas personas miraron al robusto hombre que, sentado, hablaba consigo mismo.

Le exigían sacrificar lo más querido, lo que era *parte de él mismo*.

4

—¿Qué golpe de fortuna le trae a usted por aquí? —preguntó Borrow.

Ciertamente, el barrio del este no le resultaba familiar a Hamer.

—He oído algunos sermones —contestó el millonario—sobre lo mucho que podría hacerse con abundancia de fondos. He venido a decirle que usted dispondrá de esos fondos.

—Muy loable por su parte —dijo Borrow sorprendido—. ¿Una importante suscripción, acaso?

Hamer se sonrió.

—Hasta el último penique que poseo.

—*¿Qué?*

Hamer explicó los detalles con viveza comercial. La cabeza de Borrow daba vueltas.

—¿Piensa... piensa renunciar a toda su fortuna

y... dedicarla a los pobres del barrio del este, nombrándome administrador?

—Exacto.

—Pero, ¿por qué? *¿Por qué?*

—No puedo explicárselo —contestó Hamer lentamente—. ¿Recuerda nuestra charla sobre visiones el pasado febrero? Pues bien, una de esas visiones se ha posesionado de mí.

—¡Espléndido! —Borrow se inclinó hacia delante. Sus ojos brillaban de excitación.

—No hay nada particularmente espléndido en ello —dijo Hamer de no muy buen talante—. No me importa un pepino la miseria del barrio del este. Sus feligreses sólo necesitan decisión. Yo era pobre y logré zafarme de las dentelladas del hambre. Pero he de desembarazarme del dinero y no quiero darlo a esas tontas sociedades protectoras. Usted es un hombre de mi confianza. Alimente cuerpos o almas con él, me da lo mismo. Sin embargo, yo he pasado hambre y veo con mejores ojos lo primero.

—Es algo sin precedentes —tartamudeó Borrow.

—Bien, ya está todo dispuesto —continuó Hamer—. Los leguleyos acabaron al fin su trabajo y ya he firmado. Eso me ha tenido muy ocupado los últimos quince días. Es casi tan difícil desembarazarse de una fortuna como hacerla.

—¿Supongo que se habrá reservado *algo*?

—Ni un penique. Bueno, eso no es totalmente cierto. Tengo dos peniques en el bolsillo —se rió.

Después de despedirse de su aturdido amigo, se adentró en las estrechas y malolientes calles. Las palabras que había pronunciado volvieron a él con una dolorosa sensación de pérdida. «¡Ni un penique!» ¡Toda su inmensa fortuna! Ahora temía la miseria, el hambre y el frío.

Sin embargo, era consciente de que la opresión había menguado al sentirse libre de las cosas terrenas. Los eslabones de su cadena lo habían atado, si bien ahora la libertad lo fortalecía.

El aire era algo otoñal y el viento soplaba helado. Hamer sintió el frío estremecedor y también síntomas de hambre. Las dos cosas parecieron escarbar el próximo futuro. Resultaba increíble que hubiese renunciado a la facilidad, la comodidad y el calor. Su cuerpo gritaba impotente, pero entonces le llegó la agradable sensación de libertad.

Hamer vaciló ante la boca de una estación de metro. Tenía dos peniques en el bolsillo. ¿Por qué no ir en metro hasta el parque donde viera a los ociosos que dormitaban al sol? Creía sinceramente que estaba loco, pues la gente cuerda no hace lo que él había hecho. Ahora bien, su locura resultaba ser una cosa sorprendente y maravillosa.

Sí, iría al espacio abierto del parque. Además, hacerlo en el metro tenía una significación para él. Ese medio de locomoción representaba todos los horrores de la vida enterrada y oprimida. Como un hombre libre, saldría de su encierro para posesionarse de los amplios espacios verdes, donde los árboles anulaban la amenaza opresiva de las casas.

El ascensor le llevó velozmente abajo y sintió el aire enrarecido. Se quedó en un extremo del andén, apartado de la masa humana. A su izquierda se abría la boca del túnel por donde aparecería el tren, semejante a una serpiente. No había nadie cerca de él, excepto un muchacho acurrucado en un asiento.

Muy distante oyó, amortiguado, el ruido del tren. El muchacho se levantó de su asiento y caminó hacia Hamer, quedándose cerca del borde del andén.

Sucedió tan rápidamente que casi le pareció increíble. El jovencito perdió el equilibrio y cayó.

Multitud de pensamientos se agolparon en el cerebro de Hamer. Entre ellos se materializó el informe revoltijo de harapos atropellado por el autobús y oyó una voz que decía: «No se culpe, jefe. Usted no hubiera podido evitarlo.» Y esto le persuadió de que *la vida* del muchacho sólo podía ser salvada por él, Silas Hamer. ¡El tren se acercaba! De repente, una curiosa y tranquila lucidez mental vino a posesionarse de su espíritu.

No obstante, en aquel corto segundo, supo que su temor a la muerte persistía. Sí, tenía miedo, un miedo espantoso.

Para los aterrados espectadores del otro extremo del andén no hubo apenas intervalo de tiempo entre la caída del muchacho y el salto del hombre.

Entonces vieron el tren en la curva anterior al andén, sin posibilidad de frenar.

Hamer cogió al muchacho en sus brazos. No le impulsaba ningún sentimiento heroico, pues su carne temblorosa obedecía la orden de un espíritu llamado al sacrificio. Con un último esfuerzo, empujó el cuerpo del joven por encima del andén y luego cayó sobre la vía.

De repente, murió todo su temor. El mundo ya no lo retenía. Estaba libre de sus cadenas. Por un momento creyó oír la tocata de Pan. Luego, más cerca y más alto a la vez, le llegó el alegre revoloteo de innumerables alas...

Capítulo XI

LA ÚLTIMA SESIÓN

Raoul Daubreuil cruzó el Sena tarareando una cancioncilla. Era un apuesto ingeniero francés de unos treinta y dos años, con un rostro saludable y un pequeño bigote negro. Cuando estuvo en la calle Cardonet, entró en la casa número diecisiete. La portera levantó la vista y le saludó.

—Buenos días.

Él contestó alegremente y subió las escaleras hasta un apartamento del tercer piso. Mientras aguardaba, después de tocar el timbre, tarareó de nuevo su tonadilla. Raoul Daubreuil se sentía especialmente alegre aquella mañana. Una anciana abrió la puerta y su arrugado rostro se iluminó al esbozar una sonrisa tan pronto reconoció a su visitante.

—Buenos días, monsieur.

—Buenos días, Elise.

Ya en el recibidor, se quitó los guantes.

—Madame me espera, ¿verdad? —preguntó por encima del hombro.

—Si monsieur quiere pasar al saloncito, madame saldrá en seguida. En este momento, descansa.

Raoul levantó la vista.

—¿No se encuentra bien?

—*¡Bien!*

Elise dio un resoplido, pasó por delante de Raoul y abrió la puerta del saloncito. El joven entró allí seguido de la anciana.

—*¡Bien!* —replicó ella—. ¿Cómo va a encontrarse bien? ¡Pobrecilla! *¡Sesiones, sesiones y más sesiones!* Eso no es bueno, no es natural, ni el buen Dios lo quiere para nosotros. Opino, y lo digo sin rodeos, que eso es comerciar con el demonio.

Raoul le dio unos golpecitos en el hombro, tranquilizador.

—Vamos, vamos, Elise. No se altere ni vea el demonio en todo lo que no entiende.

Elise, dubitativa, sacudió la cabeza y refunfuñó:

—Muy bien. Pero diga lo que diga usted, a mí no me gusta. Madame cada día se vuelve más pálida y delgada, y le aumentan los dolores de cabeza —y alzando las manos, prosiguió—: ¡Ah, no, no es bueno todo este asunto de los espíritus! Estoy conforme con los espíritus si los buenos están en el paraíso y los otros en el purgatorio.

—Su visión de la vida después de la muerte es maravillosamente simple, Elise —dijo Raoul, y se dejó caer en una silla.

—Soy una buena católica, monsieur —tras santiguarse, se encaminó a la puerta y se detuvo con la mano en el pomo—: ¿Cuando se hayan casado, monsieur —su voz era suplicante—, todo eso se habrá acabado?

Raoul le sonrió afectuoso.

—Es usted una criatura fiel, Elise, y quiere a su ama. No tema: cuando sea mi esposa, todo ese «asunto de los espíritus», como usted lo llama, cesará. Madame Daubreuil no celebrará más *sesiones*.

Elise le sonrió agradecida.

—¿Es cierto lo que dice?

Él asintió gravemente.

—Sí —su respuesta fue más bien para sí mismo—. Sí, todo esto debe terminar. Simone está dotada de un don maravilloso y lo ha prodigado. Ya ha hecho su papel. Es cierto lo que usted ha dicho: día a día se vuelve más pálida y delgada. La vida de una médium está siempre sometida a una ardua prueba que exige un terrible esfuerzo nervioso. De todos modos, Elise, su ama es la mejor médium de París, aun más, de Francia. Gentes de todo el mundo vienen a verla porque saben que no es un engaño.

Esta vez el resoplido de Elise fue despectivo.

—¡Engaño! ¡Claro que no! Madame no sabría engañar a un recién nacido, aunque lo intentase.

—Es un ángel —corroboró el joven francés—. Y yo haré cuanto un hombre pueda hacer para que sea feliz. ¡Esté segura de eso, Elise!

Ella respondió con sencilla dignidad:

—He servido a madame durante muchos años, monsieur. Con el respeto debido, la quiero. Si yo no creyese que usted la adora... ¡*eh bien*, monsieur!, sería capaz de desgarrarle uno a uno todos sus miembros.

Raoul se rió.

—¡Bravo, Elise! Admiro su fidelidad y le ruego que me quiera un poquito ahora que conoce mi decisión. Se lo aseguro: ¡Madame dejará el espiritismo!

Supuso que a la anciana le complacería la noticia y le sorprendió que eso no se reflejase en su aspecto.

—Imagine, monsieur —dijo Elise—, que los espíritus no renuncian *a ella*.

La sorpresa de Raoul se hizo más intensa.

—¡Eh! ¿Qué quiere decir?

—Le pregunto: ¿Y si los espíritus no renuncian a ella?

—¿Pero no es usted incrédula en cuanto a los espíritus, Elise?

—Desde luego, es necio creer en ellos. De todos modos...

—De todos modos... ¿qué?

—Me resulta difícil explicarlo, monsieur. Yo consideraba a estas médiums, según se llaman a sí mismas, unas inteligentes estafadoras que abusan de las pobres almas crédulas que han perdido a sus seres queridos. Sin embargo, madame no es de ésas. Madame es buena. Madame es honrada y... —con un susurro de espanto, añadió—... *pasan cosas*. No es un truco: pasan cosas, y por eso temo. Estoy segura de ello, monsieur. Por eso digo que no está bien, pues va contra la naturaleza y *le bon Dieu*, alguien tendrá que pagar.

Raoul se levantó y le palmeó tranquilizadoramente el hombro.

—Cálmese, mi buena Elise —le sonrió—. Mire, le daré otra buena noticia: hoy celebraremos la última *sesión* de espiritismo. Después de hoy, se acabó.

—Así, ¿tenemos una hoy? —preguntó suspicaz.

—La última, Elise, la última.

La anciana sacudió la cabeza desconsoladamente.

—Madame no está en condiciones...

Sus palabras fueron interrumpidas al abrirse una puerta por la que apareció una mujer alta y rubia, flexible y graciosa, con el rostro de una Madonna de Botticelli.

El semblante de Raoul se iluminó, y Elise se marchó rápida y discretamente.

—¡Simone!

El joven cogió entre las suyas las blancas manos y las besó. Ella murmuró suavemente el nombre amado:

—¡Raoul, querido!

De nuevo éste le besó las manos y luego le miró intensamente al rostro.

—Simone, ¡qué pálida estás! Elise me dijo que descansabas. ¿No estarás enferma, querida?

—No, enferma no... —ella vaciló.

—Cuéntame, entonces.

La médium sonrió desmayadamente.

—Me tomarás por boba.

—¿Tomarte por boba? ¡Jamás!

Simone retiró sus manos y se sentó. La joven permaneció inmóvil un momento, con la mirada fija en la alfombra. En su hilo de voz había una profunda preocupación.

—¡Tengo miedo, Raoul!

Éste aguardó un momento a que continuase y, al no hacerlo, la invitó animoso:

—¿Miedo de qué?

—Simplemente miedo, eso es todo.

Él la miró perplejo y ella aclaró rápidamente:

—Sí, es absurdo, lo sé, pero así lo siento. Miedo nada más. No sé de qué o por qué y, sin embargo, estoy convencida de que algo terrible, muy terrible, me va a suceder.

Simone se quedó con los ojos fijos en el vacío y Raoul la enlazó suavemente por los hombros.

—Querida, debes reaccionar. Cuanto te ocurre es propio de la tensión nerviosa a que se ve sometida una médium. Sólo necesitas descanso y tranquilidad.

Ella le miro agradecida.

—Sí, Raoul, tienes razón. Necesito descanso y tranquilidad.

Simone cerró los ojos y se abandonó un poco sobre el brazo varonil.

—Y felicidad —murmuró él a su oído.

El brazo acentuó su presión y la joven, con los ojos aún cerrados, suspiró profundamente.

—Cuando me rodean tus brazos me siento segura. Me olvido de todo, incluso de la terrible vida de una médium. Sabes mucho de nosotras. Sin embargo, nunca conocerás el sufrimiento de una médium en trance.

Raoul percibió el envaramiento del cuerpo femenino sobre su brazo. Ella abrió los ojos, que seguían mirando fijamente la nada, y continuó:

—Cuando espero en el cuarto, la oscuridad se me hace insoportable, Raoul, pues vivo la oscuridad del vacío. Entonces me concentro deliberadamente para huir de mí misma. Luego nada sé de cuanto ocurre a mí alrededor, hasta el lento, doloroso regreso, y el despertar del sueño, cansada, terriblemente cansada.

—Lo sé —murmuró Raoul—. Lo sé.

—Muy cansada —insistió Simone.

Todo su cuerpo pareció derrumbarse mientras repetía esa palabra.

—Pero eres maravillosa, Simone.

Raoul le cogió las manos e intentó contagiarle su propio entusiasmo:

—Eres única, la mejor médium que el mundo jamás ha conocido.

Ella lo negó con la cabeza, sonriendo halagada por el elogio.

—Es cierto, querida —insistió Raoul, que sacó dos cartas de un bolsillo—. Mira, una es del profesor Roche, de la Salpêtrière, y la otra del doctor

Genir, de Nancy. Ambos imploran que continúes actuando para ellos de vez en cuando.

—¡Ah, no! ¡Eso sí que no! —Simone, levantó de pronto—. ¡No lo haré! ¡No lo haré! Debe terminar todo, todo. Me lo prometiste, Raoul.

Él la miró sorprendido mientras ella, temblorosa, le suplicaba con los ojos, como una criatura acorralada. Raoul se levantó y, cariñosamente, le tomó las manos.

—Desde luego —dijo—. Todo ha acabado, eso por supuesto. Pero me siento muy orgulloso de ti, Simone, y por eso mencioné estas dos cartas.

La joven, suspicaz, lo miró de reojo.

—¿De veras no querrás que actúe otra vez?

—No. A menos que tú misma lo desees, aunque sólo sea de vez en cuando para estos viejos amigos...

Simone, excitada, lo interrumpió.

—¡No, no, nunca jamás! Hay peligro, te lo aseguro. Lo percibo, es un gran peligro —se llevó las manos a la frente un momento y luego se encaminó a la ventana, y rogó ya más calmada—: Prométeme que no volveré a actuar.

Raoul la siguió y la asió por los hombros.

—Querida —murmuró tiernamente—, te prometo que, después de hoy, nunca volverás a celebrar una sesión.

—Hoy —murmuró ella—. Claro, me había olvidado de madame Exe.

Raoul miró su reloj.

—Estará aquí en unos minutos. Pero, Simone, si no te encuentras bien...

La joven apenas le escuchaba, pues seguía el propio curso de sus pensamientos.

—Es una mujer extraña, Raoul, una mujer muy extraña. ¿Sabes? Su presencia me provoca terror.

—¡Simone!

Ella advirtió el reproche de su voz.

—Eres como todos los franceses, Raoul. Para ti una madre es sagrada y no es justo que yo piense así cuando ella sufre tanto por la perdida de su hija. Pero... no sé cómo explicártelo. Su fortaleza, su piel morena, sus manos... ¿Te has fijado en sus manos, Raoul? Son enormes y tan fuertes como las de un hombre.

Se estremeció ligeramente y cerró los párpados. Raoul apartó las manos de sus hombros y dijo con voz cortante:

—No te entiendo, Simone. Desde luego tú, una mujer, deberías sentir cierta compasión hacia una madre privada de su única hija.

La joven médium hizo un gesto de impaciencia.

—Eres tú quien no lo entiende, amor mío. Yo no puedo evitar estas cosas. Desde el primer momento sentí... —extendió sus manos como si rechazase algo, continuó—... pánico. ¿No recuerdas cuanto tiempo me negué a actuar para ella? Estoy segura de que me acarreará una desgracia.

Raoul se encogió de hombros.

—La realidad es que sólo te trajo lo contrario —dijo secamente—. Todas las sesiones han sido un notable éxito. El espíritu de la pequeña Amelie se apoderó de ti en seguida y las materializaciones han sido sorprendentes. El profesor Roche habría dado algo por presenciar la última.

—¡Materializaciones! —exclamó en voz baja—. Dime, Raoul, ¿son las materializaciones realmente tan maravillosas?

Él asintió entusiasmado.

—En las primeras sesiones, la figura de la niña fue visible en una especie de nebulosa —explicó—. Pero en la última *sesión*...

—¡Sigue!

La voz de Raoul descendió a un leve susurro.

—Simone, la niña que había allí era una criatura de carne y hueso. Llegué a tocarla, pero el contacto fue tan agudamente doloroso que no se lo permití a madame Exe. Temí que no supiera controlarse y te produjera un daño irreparable.

Simone volvió de nuevo a la ventana.

—Me sentía totalmente extenuada cuando desperté. Raoul, ¿estás seguro de que obramos bien? Ya sabes lo que dice Elise.

—Conoces mi pensamiento en cuanto a eso, Simone. Sé bien que lo desconocido puede encerrar algún peligro, pero la nuestra es una causa noble, es la causa de la ciencia. El mundo conoce a miles de mártires de la ciencia, pioneros que, con su terrible desgaste nervioso, pagaron un alto precio para que otros siguieran su camino. Tu parte está hecha y desde hoy eres libre para seguir otra senda más feliz.

Ella le miró afectuosamente, restablecida su tranquilidad. Luego miró su reloj.

—Madame Exe se retrasa —murmuró—. Quizás no venga.

—Supongo que sí —dijo Raoul—. Tu reloj se adelanta un poco.

Simone se entretuvo en arreglar algunos detalles del saloncito.

—Me gustaría saber quién es madame Exe —observó—. ¿De dónde viene? ¿Cuál es su familia? Es raro que no sepamos nada.

Raoul se encogió de hombros.

—La gente suele ampararse en el incógnito cuando visita a una médium. Es una precaución elemental.

—Sí, eso debe ser —dijo Simone.

Un jarroncillo de porcelana le resbaló de las manos y se hizo añicos en los azulejos de la chimenea. Bruscamente, la joven se volvió a Raoul:

—Ya lo ves. Estoy nerviosa. ¿Te enojarás si le digo a madame Exe que no puedo actuar hoy?

—Lo prometiste, Simone —contestó suavemente Raoul.

La joven retrocedió hasta la pared.

—No lo haré, Raoul. ¡No lo haré!

El tierno reproche de las pupilas varoniles la hizo parpadear.

—No me importa el dinero, Simone, pero recuerda la enorme suma que esta mujer ha ofrecido por la última sesión.

La joven le contesto casi enojada:

—Hay cosas que importan más que el dinero.

—Ciertamente, las hay. A eso me refería hace

un rato. Esa mujer es una madre que ha perdido a su única hija. Si no estás enferma, si sólo es un prejuicio por tu parte, puedes negarte al capricho de una mujer rica, pero no al deseo de una madre que sólo pretende ver por última vez a su hija.

La médium movió sus manos desesperadamente, como tratando de rechazar un sufrimiento.

—¡No me tortures! —suplicó—. Está bien, tienes razón. Lo haré, aunque ahora ya sé a qué le temo: a la «madre».

—¡Simone!

—Raoul, muchos de los principios elementales de la vida han sido destrozados por la civilización, pero la maternidad no ha sufrido alteración alguna. Y el amor de una madre no admite parangón en este mundo. No conoce ley, ni piedad. Se atreve a todo y aplasta cuanto se le opone.

Simone, jadeante, guardó silencio y luego se volvió hacia él con una fugaz y desarmadora sonrisa.

—Hoy estoy rara, Raoul. Lo sé.

El joven le cogió las manos.

—Échate un ratito. Descansa mientras llega.

—Esta bien —le sonrió al salir de la habitación.

Durante un rato, Raoul se sumergió en sus propios pensamientos. Luego caminó a grandes zancadas hacia la puerta, cruzó el recibidor y entró en una sala muy parecida a la que había dejado. En uno de los extremos había una pequeña alcoba con un enorme sillón en su centro. Pesadas cortinas de terciopelo negro pendían para ser corridas delante de la puerta de la alcoba. Elise arreglaba la sala. Junto a la alcoba se hallaban dispuestas dos sillas y una mesa redonda. Y, sobre ésta, una pandereta, un cuerno, papel y lápices.

—¡La última vez! —exclamó Elise con lúgubre satisfacción—. Oh, monsieur, desearía que ya hubiese terminado.

El agudo sonido del timbre resonó en la casa.

—¡Ahí está ese formidable gendarme de mujer! —dijo la vieja sirvienta—. ¿Por qué no reza decentemente por su hija en la iglesia y ofrece un cirio a la Virgen? ¿Acaso no sabe el buen Dios lo que más nos conviene?

—Atienda la llamada, Elise —fue la respuesta de Raoul.

La anciana le miró rencorosa, pero obedeció. Poco después hablaba con la visitante.

—Le diré a la señora que está usted aquí, madame.

Raoul salió al encuentro de madame Exe y le estrechó la mano. Entonces las palabras de Simone acudieron a su memoria: «Manos grandes y fuertes.»

Realmente lo eran. También le pareció exagerado el amplio velo negro que la cubría. Su voz se le antojó cavernosa.

—Temo que me he retrasado algo, monsieur.

—Sólo un poco —dijo sonriente—. Madame Simone descansa. Lamento decirle que no se encuentra muy bien, está nerviosa y trastornada.

Madame Exe, que retiraba su mano, la cerró de pronto sobre la de él.

—Pero actuará —afirmó rudamente.

—Oh, sí, madame.

Ella dio un suspiro de alivio y se dejó caer en una silla, ahuecando el pesado velo que flotaba a su alrededor.

—Oh, monsieur —murmuró—. Usted no puede imaginarse la maravilla y el gozo que son para mí estas sesiones. ¡Mi pequeñita! ¡Mi Amelie! ¡Verla, oírla... e, incluso, si tiendo la mano, tocarla!

Raoul le contestó autoritariamente:

—Madame Exe, en ningún momento hará nada sin mi expresa autorización. Lo contrario sería provocar un grave peligro.

—¿Peligro para mí?

—No, madame. Para la médium. Trataré de explicarle en lenguaje sencillo, sin terminología científica, el fenómeno que se materializa ante nosotros. Un espíritu, para manifestarse, necesita valerse de una sustancia de la médium. ¿Ha visto usted el fluido que sale de los labios de la médium? Ese fluido, al condensarse, construye la semblanza física del espíritu que se posesiona de ella. Por eso creemos que este ectoplasma es una sustancia de la médium. Algún día quizás podamos comprobarlo científicamente. De momento, sólo conocemos el dolor que sufre la médium si se manipula el fenómeno. También suponemos que, si alguien tocase la materialización, la muerte de la médium podría provocarse en el acto.

Madame Exe escuchaba atenta.

—Muy interesante, monsieur. Dígame, ¿no llegará un momento en que la materialización sea tan perfecta que pueda ser aislada de la médium?

—Una especulación fantástica, madame.

Ella insistió.

—Pero no imposible.

—Totalmente imposible hoy por hoy.

—¿Quizás en el futuro?

La llegada en aquel momento de Simone interrumpió el diálogo. Aunque lánguida y pálida, era evidente que había recuperado el control de sí misma. Estrechó la mano de madame Exe y Raoul advirtió su ligero estremecimiento al sentir el contacto.

—Lamento, madame, que se halle usted indispuesta —dijo madame Exe.

—No es nada —contestó Simone, no sin cierta brusquedad—. ¿Empezamos?

Se fue a la alcoba y se sentó en el sillón. Entonces fue Raoul quien sintió los efectos de una onda de temor.

—No estás lo bastante fuerte, querida. Será mejor que cancelemos *la sesión*. Madame Exe lo comprenderá.

—¡Monsieur! —exclamó ésta levantándose indignada.

—Lo siento, madame. Debemos suspender la sesión.

—Madame Simone me prometió una última sesión para hoy.

—Así es —intervino Simone quedamente—, y estoy dispuesta a cumplir mi promesa.

—Y yo lo celebro, madame.

—Nunca falto a mi palabra —añadió Simone—. No temas, Raoul, es la última vez a Dios gracias.

Raoul corrió las pesadas cortinas delante de la puerta de la alcoba, y también las de la ventana, de modo que la habitación quedó en penumbra. Señaló una silla a madame Exe y se dispuso a sentarse en la otra.

—Perdón, monsieur, yo creo en su integridad y en la de madame Simone. De todos modos, con el fin de que mi testimonio sea más valioso, me tomé la libertad de traer esto conmigo.

De su bolso extrajo un trozo de cuerda fina.

—¡Madame! —gritó Raoul—. ¡Esto es un insulto!

—Una precaución, diría yo.

—¡Repito que es un insulto!

—No comprendo su objeción, monsieur. Si no hay truco, no tiene nada que temer.

—Puedo asegurarle que no temo nada, madame. Está bien, áteme las manos y los pies, si quiere.

Sus palabras no produjeron el efecto esperado, pues madame Exe se limitó a decir sin emoción alguna:

—Gracias, monsieur —y avanzó con la cuerda en la mano.

Simone, situada detrás de la cortina, gritó:

—¡No, Raoul! ¡No dejes que lo haga!

Madame Exe rió despectiva.

—Madame tiene miedo.

—Recuerda lo que ha dicho, Simone —intervino Raoul—. Madame Exe nos toma por charlatanes.

—Quiero asegurarme, eso es todo —contestó la aludida.

Luego procedió metódicamente a atar a Raoul a su silla.

—La felicito por sus nudos, madame —dijo irónico, tan pronto quedó atado—. ¿Está satisfecha ahora?

Ella no contestó. Pero sí inspeccionó minuciosamente la sala. Después cerró la puerta, se guardó la llave y regresó a su silla.

—Bien —exclamó decidida—. Ahora estoy dispuesta.

Pasaron varios minutos antes de que se oyera detrás de la cortina la respiración de Simone, más pesada y estentórea. Seguidamente se percibieron una serie de gemidos, seguidos de un corto silencio, roto por el repentino tamborileo de la pandereta. El cuerno cayó de la mesa al suelo, al mismo tiempo que se oía una risa irónica. Las cortinas de la alcoba se entreabrieron permitiendo ver la figura de la médium con la cabeza caída sobre el pecho.

De repente, madame Exe contuvo el aliento. Un arroyo de niebla, semejante a una cinta, salía de la boca de la médium. La niebla se condensó y empezó gradualmente a tomar la forma de una niña de corta edad.

—¡Amelie! ¡Mi pequeña Amelie!

El susurro procedía de madame Exe. La nebulosa figura se materializó aún más. Raoul miraba casi incrédulo. Jamás había presenciado un éxito tan grande.

Allí, frente a él, una niña de carne y hueso se había hecho realidad.

De pronto, se oyó la suave voz infantil.

—*Maman!*

Madame Exe medio se levantó de su asiento, al mismo tiempo que gritaba:

—¡Hijita! ¡Hijita mía!

Raoul, intranquilo y temeroso, exclamó:

—¡Cuidado, madame!

La criatura se movió vacilante hacia las cortinas y permaneció allí con los brazos extendidos.

—*Maman!* —repitió.

Madame Exe volvió a medio levantarse de su silla exclamando sordamente:

—¡Oh!

Raoul, asustado, gritó:

—¡Madame! ¡La médium!

Pero madame Exe pareció no enterarse.

—Quiero tocarla —dijo.

Tan pronto avanzó un paso, el joven suplicó:

—¡Por lo que más quiera, madame, contrólese!

Ella no le oía.

—¡Siéntese! —gritó aterrado.

—¡Mi pequeña! ¡Quiero tocarla!

—Madame, le ordeno que se siente. ¡Siéntese! —volvió a gritar desesperado.

Raoul luchó denonadamente contra sus ligaduras. Fue inútil, ya que madame Exe había realizado un buen trabajo. La terrible sensación de un inminente desastre casi lo enloqueció.

—¡Madame! ¡Siéntese! —vociferó, perdido el control de sus nervios—. ¡Tenga piedad de la médium!

Ella, indiferente a la angustia del hombre, y sumida en un gozoso éxtasis, alargó un brazo y tocó la pequeña figura que se hallaba junto a la cortina. La médium exhaló un grito desgarrador.

—¡Dios mío! ¡Dios mío! —imploró Raoul—. ¡Compadézcase de la médium!

Madame Exe se volvió hacia él.

—¿Qué me importa a mí la médium? ¡Quiero a mi hija!

—¿Está usted loca?

—¡Mi hija! ¡Es mía! ¡Mía! Mi propia carne y sangre. Es mi pequeña que vuelve a mí del mundo de los muertos.

Raoul abrió sus labios, pero no logró decir palabra. ¡Aquella mujer estaba loca! Era inútil suplicar piedad a un ser dominado por aquella pasión.

Los labios de la niña volvieron a entreabrirse, y, por tercera vez, se oyó su voz:

—*Maman!*

—¡Ven, pequeñita mía! —gritó la madre.

Luego, sin más preámbulos, cogió a su hija en sus brazos. Detrás de las cortinas se produjo un prolongado grito de extrema agonía.

—¡Simone! —llamó Raoul—. ¡Simone!

Madame Exe pasó precipitadamente por delante de él, abrió la puerta, y sus pasos se perdieron en las escaleras.

Detrás de la cortina aún sonaba el terrible y prolongado grito, un grito como Raoul jamás había oído. Luego se desvaneció en una especie de gorgoteo, roto por el golpe de un cuerpo al desplomarse.

El joven luchó como un loco y sus ligaduras se partieron al fin. Mientras se levantaba, Elise apareció gritando:

—¡Madame!

—¡Simone! —dijo Raoul.

Juntos se precipitaron a la cortina y la separaron. Raoul retrocedió.

—¡Dios mío! —murmuró—. ¡Roja... enteramente roja!

Elisa, temblorosa, exclamó:

—¡Madame está muerta! Monsieur, ¿qué ha sucedido? *¿Por qué madame ha quedado reducida a la mitad de su tamaño? ¿Qué ha sucedido aquí?*

—No lo sé.

Durante breves segundos permanecieron callados, sobrecogidos de espanto. Al fin, Raoul gritó:

—¡No lo sé! ¡No lo sé! Creo que me volveré loco. ¡Simone! ¡Simone!

Capítulo XII

LA MUÑECA DE LA MODISTA

La muñeca descansaba en la gran silla tapizada de terciopelo. No había mucha luz en la habitación, pues el cielo de Londres estaba oscuro. En la suave y gris penumbra se mezclaban los verdes de cortinas, tapices, tapetes y alfombras. La muñeca, cuya cara semejaba una mascarilla pintada, yacía sobre sus ropas con su gorrito de terciopelo verde. No era la clásica que acunan en sus bracitos las niñas, sino que era un antojo de mujer rica, destinada a lucir junto al teléfono o entre los almahodones de un diván. Y así permanecía nuestra muñeca, eternamente fláccida, a la vez que extrañamente viva.

Sybil Fox se apresuraba con el corte y la preparación de un modelo. De modo casual, sus ojos se detuvieron un momento en la muñeca y algo extraño en ella captó su interés. No obstante, fue incapaz de saber qué era y en su mente se abrió paso una preocupación más positiva.

«¿Dónde habré dejado el modelo de terciopelo azul? —se preguntó—. Estaba segura de tenerlo ahí.»

Salió al rellano y gritó:

—¡Elspeth! ¿Tienes ahí el modelo azul? Mrs. Fellows está al llegar.

Volvió a entrar y encendió las lámparas. De nuevo miró la muñeca.

—Vaya, ¿dónde diablos estará...? ¡Ah, aquí!

Recogía el modelo cuando oyó el ruido peculiar del ascensor que se detenía en el rellano y, al momento, Mrs. Fellows entró acompañada de su pequinés, que bufaba alborotador, como un tren de cercanías al aproximarse a la estación de un pueblo.

—Vamos a tener aguacero —dijo la dama—. Y será un señor *aguacero*.

Se quitó de un tirón los guantes y el abrigo de piel.

Entonces entró Alicia Coombe, como siempre hacía cuando llegaban clientes especiales, y Mrs. Fellows lo era.

Elspeth, la encargada del taller, bajó con el vestido y Sybil le ayudó a ponérselo a Mrs. Fellows.

—Bien —dijo Sybil—. Le sienta estupendamente. Es un color maravilloso, ¿no le parece?

Alicia Coombe se recostó en su silla, estudiando el modelo.

—Sí —exclamó—. Es bonito. Realmente es todo un éxito.

Mrs. Fellows se volvió a medias para mirarse al espejo.

—Desde luego, sus vestidos logran algo en la parte baja de mi espalda.

—Está usted mucho más delgada que hace tres meses —aseguró Sybil.

—No —dijo ella—, aunque es cierto que *lo parezco*. En realidad, esa sensación la producen sus modelos. Disimulan muy bien mis caderas —suspiró mientras se alisaba las protuberancias de su anatomía—. Siempre ha sido mi pesadilla. Durante años he intentado disimularlo irguiéndome cuanto podía. Ahora ya no puedo; se me ve mucho estómago... Tendrá usted que recordar ambas cosas, ¿podrá hacerlo?

—Me gustaría que viese a otras clientas.

Mrs. Fellows seguía examinándose.

—El estómago es lo peor —dijo—. Se ve más. Claro que eso nos lo parece porque al hablar con la gente les damos la cara y entonces no ven la espalda. De todos modos, he decidido vigilar mi estómago y dejar que lo demás se las arregle como pueda.—Estiró un poco más el cuello para contemplarse y exclamó de repente—: ¡Oh, esa muñeca me ataca los nervios! ¿Hace mucho que la tienen?

Sybil miró insegura a Alicia, que parecía esforzarse en recordar.

—No lo sé exactamente. Hace bastante tiempo... Nunca me acuerdo de las cosas. Es terrible lo que me ocurre, ¡sencillamente no puedo recordar! Sybil, ¿desde cuándo la tenemos?

—No lo sé.

—No importa, no se preocupen —intervino

Mrs. Fellows—. De todos modos, seguirá atacándome los nervios. Parece vigilarnos y reírse de nosotras desde su envoltorio de terciopelo. Yo me desembarazaría de ella, si fuese mía.

Dicho esto acusó un ligero estremecimiento. Luego entró en comentarios sobre detalles de costura. ¿Era mejor acortar las mangas una pulgada? ¿Y el largo?

Tras solucionar tan importantes puntos, Mrs. Fellows se vistió con sus prendas y se dispuso a marcharse. Al pasar ante la muñeca, volvió la cabeza.

—No —dijo—. *No me gusta* la muñeca. Da la sensación de ser algo vivo, de ser algo que impone su presencia. Decididamente, no me gusta.

—¿Qué quiso decir? —preguntó Sybil mientras Mrs. Fellows descendía las escaleras.

Antes de que Alicia pudiera contestar, Mrs. Fellows asomó la cabeza por la puerta.

—¡Cielos! Me olvidé de Fou-Ling. ¿Dónde estás, príncipe?

Las tres mujeres miraron a su alrededor. El pequinés se hallaba sentado junto a la silla de terciopelo verde. Sus ojos permanecían fijos en la fláccida muñeca, sin que denotase placer o resentimiento. Simplemente miraba.

—Ven aquí, tesoro de mamita.

El tesoro de mamita no hizo caso.

—Cada día se vuelve más desobediente —explicó su dueña como si alabase una virtud—. Vamos, tesorito. Cariñito.

Fou-Ling volvió la cabeza unos centímetros hacia ella y, con manifiesto desdén, continuó observando la muñeca.

—Mi pequeño Fou-Ling está muy impresionado. No recuerdo que le haya sucedido eso antes. Le ocurre lo mismo que a mí. ¿Estaba la muñeca aquí la última vez que vine?

Las dos mujeres se miraron, Sybil frunciendo el ceño y Alicia respondió, haciendo otro tanto:

—Ya le dije que no lo sé, no logro acordarme de nada. ¿Cuánto hace que *la tenemos*, Sybil?

—¿Cómo llegó aquí? —preguntó Mrs. Fellows—. ¿La compraron ustedes?

—¡Oh, no! —Alicia pareció sorprenderse ante la idea—. Oh, no. Supongo que alguien me la regalaría. —Desalentada, negó con la cabeza antes de continuar—: Resulta enloquecedor que todo se vaya de la mente cuando una intenta recordar.

—Anda, vamos, no seas estúpido, Fou-Ling. ¡Vamos, camina! ¡Vaya, tendré que cogerte en brazos!

Y en los brazos de su dueña, Fou-Ling emitió un corto ladrido de protesta antes de salir de la habitación con la cabeza vuelta hacia la silla.

—¡Esa muñeca me crispa los nervios! —exclamó Mrs. Groves.

Mrs. Groves era la asistenta. Había acabado de fregar el suelo, moviéndose como los cangrejos. Ahora se había incorporado y con un trapo sacudía el polvo de los muebles.

—¡Qué cosa más extraña! —continuó—. Nadie advirtió su presencia hasta ayer. Y sucedió de repente, como usted misma me dijo.

—¿No le gusta? —preguntó Sybil.

—¡No! Ya lo he dicho: me crispa los nervios. Es... es antinatural, si me entiende lo que quiero decir. Sus largas piernas colgantes, el modo de yacer y la mirada astuta de sus ojos impresionan.

—Nunca se ha quejado de ella —dijo Sybil sorprendida.

—Créame, hasta hoy me ha pasado inadvertida. Sí, ya sé que lleva tiempo aquí, pero... —enmudeció mientras en su rostro se reflejaba una expresión de miedo—. Parece una de esas criaturas terroríficas con que una sueña a veces.

Mrs. Groves recogió sus utensilios de limpieza y se dio prisa en abandonar el probador.

Sybil miró la muñeca y no pudo evitar tener una oprimente sensación inexplicable. La entrada de Alicia distrajo su atención.

—Miss Coombe, ¿desde cuándo *tiene* usted esta muñeca?

—¿La muñeca? Querida, ya sabe que no recuerdo las cosas. Ayer... ¡qué absurdo! Ayer quise asistir a una conferencia y no había recorrido la mitad de la calle cuando advertí que no recordaba dónde iba. Después de mucho pensar, me dije que *sería* a Fortnums. Había algo que deseaba comprar allí. —Se pasó la mano por la frente—. Le será difícil creerme y, sin embargo, es verdad. Cuando tomaba el té en casa me acordé de la conferencia. Ya sé que la gente se vuelve desmemoriada con los años, pero a mí me ocurre demasiado pronto. Ahora mismo no sé dónde he puesto el bolso... y mis gafas. ¿Dónde puse las gafas? Las tenía hace un momento. ¡Leía algo en el *Times*!

—Las gafas están en la repisa de la chimenea —dijo Sybil dándoselas—. ¿Desde cuándo está aquí la muñeca? ¿Quién se la regaló?

—Son dos respuestas en blanco. *Alguien* debió enviármela, supongo. Es raro, pero todos parecen extrañar su presencia aquí.

—Desde luego. Sí, resulta curioso. Yo misma soy incapaz de recordar cuándo la vi por vez primera.

—No se vuelva como yo —exclamó Alicia—. Usted es joven todavía.

—Esto no remedia mi falta de memoria, miss Coombe. Ayer, al fijarme en ella, pensé que tenía algo... algo impalpable. Creo que Mrs. Groves está en lo cierto. La muñeca crispa los nervios de cualquiera. Y el caso es que ayer fui consciente de que esa sensación de captar un no sé qué en la muñeca la he sentido antes, si bien no recuerdo en qué momento. —En realidad, era como si nunca la hubiese visto y de pronto descubriese su presencia, segura de conocerla desde hace mucho tiempo.

—Quizás un día entró volando por la ventana subida en una escoba —dijo Alicia—. Bien, el caso es que está aquí y es nuestra. —Miró a su alrededor, antes de añadir—: No sabría imaginarme la habitación sin ella. ¿Y usted?

—Tampoco —contestó Sybil, acusando un ligero estremecimiento—. Pero me gustaría poder...

—Poder, ¿qué? —preguntó Alice.

—Imaginar la habitación sin ella.

—¡Caramba! ¡Todos se ponen tontos con la muñeca! —exclamó Alicia no de muy buen talante—. ¿Qué hay de malo en la pobre? Bueno, quizás parezca una col marchita. No, no es eso. La veo así porque no llevo las gafas. —Se las puso y miró la muñeca—. Sí, desde luego causa cierta sensación nerviosa. Tal vez sea su mirada triste, aunque burlona.

—Sorprende —dijo Sybil—, que Mrs. Fellows se sintiera molesta con ella precisamente ayer.

—Es una mujer que nunca oculta lo que piensa —contestó Alicia.

—Conforme —insistió la otra—, pero lo extraño es que fuese ayer, como si antes no la hubiese visto.

—La gente suele descubrir antipatías repentinas.

—Sí, es una afirmación irrefutable. ¡Quién sabe! Posiblemente no estaba aquí ayer y sea cierto que entró por la ventana como usted dijo.

—¡Oh, no, querida! —contestó Alicia—. Eso fue una broma. Yo sé que está en su silla desde hace mucho tiempo. Sólo que hasta ayer no se hizo visible.

—Sí, es una seguridad dormida en nuestro

subconsciente. Desde luego hace tiempo que nos hace compañía, si bien hasta ahora no nos hemos percatado de su presencia.

—¡Oh, Sybil! ¡Olvidémoslo! Me da escalofríos. ¿Supongo que no intenta reconstruir una historia sobrenatural, verdad?

Cogió la muñeca, la sacudió, arregló sus hombros y volvió a sentarla en otra silla. La muñeca pareció moverse a una postura más cómoda.

—¡Qué cosa más sorprendente! —exclamó Alicia mirándola—. Es una cosa sin vida y, no obstante, parece que la tiene.

—¡Me ha descompuesto! —dijo Mrs. Groves, mientras quitaba el polvo de la habitación destinada a exposición—. Me temo que no me quedan ganas de volver al probador.

—¿Quién la ha descompuesto? —preguntó Alice, que se hallaba sentada en un escritorio situado en un ángulo repasando varias cuentas—. Esta mujer —ahora hablaba para ella misma y no para Mrs. Groves— piensa que conseguirá dos vestidos de noche, tres de cóctel y otro de calle cada año sin pagar un solo penique.

—¿Quién ha de ser? ¡Esa muñeca! —gritó la asistenta.

—¡Vaya! ¿Otra vez la muñeca?

—¿No la ha visto sentada al pupitre que hay en el probador, como si fuera un ser humano? ¡Me descompuso!

—¿De qué habla usted, Mrs. Grove? —preguntó Alicia.

Ésta se levantó, cruzó la habitación y el recibidor y entró en el probador. La muñeca, como si fuera de carne y hueso, permanecía sentada en una silla, arrimada al pupitre, sobre el cual descansaban sus largos y fláccidos brazos.

—Alguien ha querido gastarme una broma —dijo Alicia—. Pero hay tanta naturalidad en ella que parece estar viva.

En aquel momento, Sybil bajaba las escaleras del taller con un vestido que debía ser probado aquella mañana.

—Venga, Sybil, y verá la muñeca sentada a mi pupitre, escribiendo cartas.

Las dos mujeres se miraron.

—Me gustaría saber quién la ha dejado ahí. ¿Fue usted?

—No —contestó Sybil—. Quizás haya sido una de las chicas.

—Una broma estúpida, de veras —se quejó Alicia.

Cogió la muñeca y la echó sobre el sofá.

Sybil dejó el vestido sobre una silla y se fue al taller.

—¿Habéis visto la muñeca de terciopelo en el probador? —preguntó.

La encargada y tres chicas alzaron la vista.

—¿Quién es la bromista que la sentó al pupitre, esta mañana?

Las tres chicas se miraron las unas a las otras, y Elspeth, la encargada, exclamó sorprendida:

—¿Sentarla al pupitre? ¡Yo no!

—Ni yo —dijo una de las chicas—. ¿Fuiste tú, Marlene?

La aludida sacudió la cabeza.

—¿No será una broma suya, Elspeth?

El aspecto sombrío de la encargada no inducía a suponerla amiga de bromas, y mucho menos cuando tenía la boca llena de alfileres.

—No, desde luego que no. Me sobra trabajo para entretenerme jugando con muñecas.

—Bueno —intervino Sybil, a quien sorprendió el temblor de su propia voz—. Después de todo, es una broma bastante simpática. Me gustaría saber quién la hizo.

Las tres muchachas se defendieron.

—Se lo hemos dicho, señorita. Ninguna de nosotras lo hizo, ¿verdad, Marlene?

—Yo no —afirmó ésta—. Y si Nellie y Margaret dicen que tampoco, pues ninguna de nosotras ha sido.

—Ya ha escuchado antes mi respuesta —dijo Elspeth—. ¿A santo de qué viene todo esto? ¿No habrá sido Mrs. Groves?

Sybil lo negó con un movimiento de la cabeza.

—No, ella no se hubiese atrevido, está asustada.

—Bajaré a ver la muñeca —dijo Elspeth.

—Ya no está en el mismo sitio —informó Sybil—. Miss Coombe la tomó del pupitre y la dejó en el sofá. Pero alguien tuvo que ponerla en la silla. En realidad, su aspecto era gracioso y no comprendo por qué se oculta quien lo hizo.

—Miss Fox, lo hemos negado dos veces —habló Margaret—. ¿Por qué se empeña en que mentimos? Ninguna de nosotras hubiera hecho una cosa tan tonta.

—Lo siento —se excusó Sybil—. No quise ofenderlas. ¿Quién pudo ser?

—Quizás fue ella sola —aventuró Marlene, que se echó a reír.

Sybil no agradeció la sugerencia.

—Está bien. Olvidemos lo sucedido —dijo antes de bajar de nuevo las escaleras.

Alicia tarareaba una cancioncilla mientras buscaba algo a su alrededor.

—He vuelto a perder mis gafas —explicó a Sybil—. No importa, en realidad no las necesito en este momento. Lo malo para una persona tan cegata como yo es que, si pierde las gafas y carece de otras de reserva, nunca logrará hallarlas.

—Las buscaré yo —se ofreció Sybil—. Las llevaba hace un momento.

—Fui a la otra habitación cuando usted subió al piso superior. Quizás me las olvidé allí. Es una lata eso de las gafas. Quiero seguir con esas cuentas, pero ¿cómo hacerlo si no doy con ellas?

—Iré a su dormitorio a buscarle las otras.

—Sólo tengo las que uso siempre.

—¿Qué ha sido de las otras?

—No lo sé. Creía haberlas olvidado ayer en el restaurante. Pero me informaron por teléfono que no estaban allí. También llamé a dos tiendas, donde estuve de compras.

—Oh, querida, entonces necesita *tres* pares.

—Sí, y me voy a pasar la vida buscándolas. Es mejor tener un solo par.

—Bueno, en alguna parte tienen que estar —dijo Sybil—. No ha salido usted de estas dos habitaciones. Si no aparecen aquí, estarán en el probador.

Sybil se encaminó a la otra sala y, tras una detenida búsqueda infructuosa, se le ocurrió levantar la muñeca del sofá.

—¡Ya las tengo! —gritó.

—¿Dónde estaban, Sybil?

—Debajo de nuestra preciosa muñeca. Supongo que las dejaría en el sofá al ponerla allí.

—No, estoy segura de que no lo hice.

—Entonces se las quitaría ella.

—¡Quién sabe! —dijo Alicia mirando a la muñeca—. Parece muy inteligente.

—No me gusta su cara —afirmó Sybil—. Da la impresión de saber algo que nosotros ignoramos.

—Su aspecto es triste y a la vez dulce —comentó Alicia.

—¡Oh! Yo no advierto la más mínima dulzura en ella.

—¿No? Quizás tenga razón. Bueno, sigamos con el trabajo. Lady Lee vendrá antes de diez minutos y quiero acabar estas facturas y mandarlas al correo.

—¡Miss Fox! ¡Miss Fox!

—¿Qué pasa, Margaret? ¿Qué ocurre?

Sybil cortaba una pieza de género de satén sobre la mesa de trabajo.

—¡Oh, miss Fox! Se trata de la muñeca. Bajé el vestido castaño y vi la muñeca sentada delante del pupitre. ¡Yo no he sido, ni las otras chicas! Por favor, créame, nosotras no haríamos una cosa así.

Las tijeras de Sybil se desviaron un poco.

—¡Vaya! —exclamó enojada—. Mire lo que me ha hecho hacer. Espero que podrá arreglarse. Bueno, ¿qué pasa con la muñeca?

—Vuelve a estar sentada ante el pupitre.

Sybil bajó al probador. La muñeca se hallaba sentada al pupitre, exactamente como antes.

—Eres muy decidida, ¿eh? —le dijo a la muñeca.

La cogió sin contemplaciones y la echó encima del sofá.

—¡Ése es tu sitio, niña! ¡No te muevas de ahí!

Luego se encaminó a la otra habitación.

—Miss Coombe.

—Diga, Sybil.

—Alguien nos toma el pelo. La muñeca volvía a estar sentada ante el pupitre.

—¿Quién le parece que fue?

—Tiene que ser una de las tres de arriba. Seguramente lo considerará gracioso. Pero el caso es que todas juran ser inocentes.

—¿No será Margaret?

—No, no lo creo. Margaret estaba sorprendida cuando entró a decírmelo. En todo caso, será esa burlona de Marlene.

—Sea quien sea, hace una tontería.

—Estoy de acuerdo —dijo Sybil—. No obstante, pienso poner coto a eso.

—¿Qué hará para evitarlo?

—Ya lo verá.

Aquella noche, antes de irse, cerró con llave el probador.

—Me llevo la llave.

—Comprendo —contestó Alicia con cierto aire de diversión—. Usted piensa que soy yo, ¿verdad? Me considera tan distraída como para sentar a la muñeca al pupitre y que escriba en mi lugar. ¡Claro, y luego me olvido de todo!

—Está dentro de lo posible —admitió Sybil—. En realidad, sólo trato de asegurarme de que nadie repetirá la broma esta noche.

Al día siguiente, lo primero que hizo Sybil fue abrir la puerta del probador y entrar dentro. Miss Groves, con grave expresión, esperaba con la bayeta en la mano en el recibidor.

—¡Ahora veremos! —dijo Sybil.

Y lo que vio la obligó a dar un respingo.

La muñeca aparecía sentada al pupitre.

—¡Sopla! —exclamó la sirvienta detrás de Sybil—. ¡Eso si que es un misterio! Miss Fox se ha puesto algo pálida, como si hubiera recibido un susto. Necesita un sedante. ¿Sabe si miss Coombe tiene algún potingue apropiado en su dormitorio?

—Gracias, no lo necesito. Me encuentro bien.

Entonces cogió la muñeca.

—Alguien ha vuelto a gastarnos la misma broma —exclamó Mrs. Groves.

—No comprendo cómo ha podido scr —contestó Sybil—. Cerré con llave anoche. ¡Nadie ha podido entrar!

—Puede que alguien tenga otra llave —aventuró la asistenta.

—No lo creo. Nunca nos hemos molestado en cerrar el probador. La llave de esa puerta es antigua y sólo hay una.

—Quizás encaje la de otra puerta, la de enfrente, por ejemplo.

Probaron todas las llaves, pero ninguna abría la puerta del probador.

—Es raro, miss Coombe —aseguró Sybil más tarde, mientras comían juntas.

En los ojos de la señorita chispeaba la diversión que todo aquello le producía.

—Querida —le contestó—, opino que es algo extraordinario. Deberíamos escribir al departamento de investigaciónes psíquicas paranormales. Quién sabe, quizás se les ocurra enviarnos un especialista, un médium o algo parecido, con el fin de comprobar qué tiene de especial este cuarto.

—Parece ser que no le preocupa.

—Tiene razón. En cierto modo, disfruto. A mi edad resulta divertido que ocurran cosas extrañas, inexplicables y misteriosas. Claro que... —se quedó pensativa un momento—. No, no creo que me guste. Bien, tendremos que admitir que la muñeca se toma muchas libertades, ¿no le parece?

Aquella noche Sybil y Alicia volvieron a cerrar con llave la puerta.

—Sigo creyendo que alguien se divierte con esta

clase de bromas —afirmó decidida Sybil—. Si bien no comprendo por qué...

Alicia la interrumpió al preguntarle:

—¿Cree que volveremos a encontrarla mañana sentada al pupitre?

—Me temo que así será.

Se equivocaron. La muñeca no estaba en el pupitre, pero sí en el alféizar de la ventana, mirando la calle. Y de nuevo les sorprendió la extraordinaria naturalidad de su posición.

—¡Qué cosa más ridícula! —comentó Alicia mientras ambas tomaban una aromática taza de té aquella tarde.

Las dos mujeres se pusieron de acuerdo en tomar el té en la salita del despacho de Alicia, en vez de hacerlo, como siempre, en el probador.

—¿Ridículo en qué sentido?

—Me refiero a esa tonta preocupación que nos embarga sólo porque una muñeca cambia de posición y lugar.

Pero si hasta entonces los movimientos de la muñeca parecían realizarse de noche, días después también se observaban a cualquier hora. Así, cada vez que entraban en el probador, aunque hubieran estado ausentes unos minutos, la encontraban en distinta postura o lugar. A veces quedaba en el sofá y aparecía en una silla, otras en el alféizar o bien junto al pupitre.

—Se traslada a su antojo —dijo Alicia—. Y *creo*, Sybil, que eso le divierte.

Las dos mujeres miraban la figura inerte y flácida de blando terciopelo, con su cara de seda pintada.

—Sólo unos trozos de terciopelo, seda y algo de pintura, eso es lo que es —comentó Alicia—.

—Podríamos... Bueno, creo que podríamos deshacernos de ella.

—¿Cómo?

—Pongámosla en el fuego. Sería una ceremonia semejante a la cremación de una bruja. También podemos tirarla al cubo de la basura.

—Lo último no daría resultado. Seguro que alguien la sacaría para devolvérnosla.

—¿Y si la enviásemos a una de esas sociedades que tantas veces nos piden cosas para sus tómbolas o subastas? Me parece que ésta sería una buena idea.

—No sé... no sé... —Sybil denotaba duda y preocupación—. Tampoco me fío de eso.

—¿Por qué?

—Me temo que volvería *aquí*.

—¿Que volvería con nosotras?

—Sí.

—¿Quiere usted decir que haría lo mismo que una paloma mensajera?

—Sí.

—¿No estaremos perdiendo la cabeza? —preguntó Alicia—. Quizás sí, quizás yo ya estoy chiflada y usted se divierte a costa mía.

—No, no, eso no. Sin embargo, me siento presa de una desagradable sensación, como si ella fuera demasiado fuerte para nosotras.

—¿Qué dice? ¿Esa masa de trapos?

—Sí, esa horrible masa fláccida de trapos. ¿No lo ve? ¡Es tan decidida!

—¿Decidida?

—Hace lo que le da la gana. Se comporta como si esta habitación le perteneciera en exclusiva.

—Sí —dijo Alicia mirando a su alrededor—. En realidad, siempre ha sido su habitación. Se me ocurrió que hacía juego con los colores que predominan —y añadió con mayor viveza—: Pero resulta absurdo que una muñeca se adueñe de una habitación. Y lo malo no es eso: lo malo es que Mrs. Groves se niega a entrar para hacer la limpieza.

—¿Se niega porque le asusta la muñeca?

—No. Simplemente da una u otra excusa —en su voz había pánico al continuar—: ¿Qué haremos, Sybil? ¡Acabará conmigo! No he logrado diseñar nada desde hace varias semanas.

—¡Oh! Yo tampoco logro centrar la mente cuando trabajo —confesó Sybil—. Y eso hace que cometa errores imperdonables. Quizás... —dudó un momento antes de proseguir—... quizás la idea de escribir al centro de investigaciónes paranormales fuese una solución.

—¡Nos creerían un par de locas! —exclamó Alicia—. No lo dije en serio. No, decididamente, no. Seguiremos así hasta que...

—¿Hasta qué...?

—¡Oh, no lo sé! —la risa de Alicia sonó insegura.

Al día siguiente, Sybil encontró la puerta del probador cerrada con llave.

—Miss Coombe, ¿tiene usted la llave? ¿La cerró usted anoche?

—Sí, la cerré y va a permanecer así.

—¿Qué quiere usted decir?

—Sencillamente, que renuncio a esa habitación. ¡Que se la quede la muñeca! No necesitamos esa habitación. Probaremos aquí.

—Pero ésta es su salita-despacho.

—No importa.

—¿De veras no entrará más en el probador? —preguntó Sybil incrédula.

—¡Exacto!

—Pero, ¿y la limpieza? Se pondrá horrible de suciedad.

—¡Que se ponga! Si el probador se ha convertido en el lugar privado de una muñeca, pues... ¡para ella! Eso sí, que se limpie la habitación —y añadió—: Nos odia, ¿no lo sabe?

—¿Qué dice? —preguntó asombrada Sybil—. ¿Que la muñeca nos odia?

—Sí. ¿No se ha percatado de ello al mirarla?

—Creo que sí —comentó pensativa Sybil—. Creo que sí lo advertí. Hace mucho tiempo que tengo la sensación de que nos odia y quiere echarnos de allí.

—Es muy cruel —aseguró Alicia—. Bueno, desde ahora podrá vivir satisfecha.

Durante algunos días hubo paz en el taller de modistas. Alicia explicó al resto del personal que había renunciado temporalmente al probador pues eran demasiadas habitaciones para limpiar todos los días.

Eso no evitó que aquella misma tarde una de las trabajadoras le dijese a otra compañera:

—Realmente miss Coombe está ida. Siempre me pareció algo rara, sobre todo cuando pierde las cosas y las olvida. Ahora se pasa de la raya. ¡Mira que tenerle ojeriza a la muñeca!

—¿No temes que se vuelva loca —preguntó la otra— y un mal día nos apuñale o intente algo parecido?

Alicia, que las oyó, se sentó indignada en su silla: «¿Que yo estoy ida?», se preguntó. Luego, furiosa, dijo en voz alta:

—En realidad, si no fuera por Sybil, creería que es verdad. Ella y Mrs. Groves sospechan, como yo, que hay *algo* en la muñeca.

Tres semanas más tarde, Sybil le dijo a Alicia:

—Es necesario que *entremos* en el probador.

—¿Para qué?

—Debe estar muy sucio. Además, las polillas atacarán cuanto hay allí dentro. Sería mejor barrer y quitar el polvo, y luego cerrar de nuevo.

—Prefiero que siga como está antes que entrar otra vez.

—Es usted más supersticiosa que yo —dijo Sybil.

—Eso parece —contestó Alicia—. En cierto modo, al principio me divertía. Sin embargo, bien se ve que soy más crédula que usted. Realmente estoy asustada y prefiero no entrar en esa habitación.

—En tal caso, entraré sola —afirmó Sybil.

—Muy bien. Pero confiese que lo hace por simple curiosidad.

—Tiene usted razón. Siento curiosidad. Quiero ver qué ha hecho la muñeca.

—Sería mejor no molestarla. Desde que la dejamos sola, parece estar satisfecha. ¿Para qué perturbar su tranquilidad? —Alicia suspiró hondamente—. ¡Qué bobadas decimos!

—¿Seguro que son bobadas? En todo caso, es ella quien nos obliga a decirlas... ¡Déme la llave!

—¡Está bien, está bien!

—¿Teme que salga de la habitación o algo parecido? Si es capaz de eso, también podría atravesar puertas y ventanas.

Sybil abrió el probador.

—¡Qué cosa más extraña! —dijo.

—¿Qué pasa? —preguntó Alicia, mirando por encima del hombro de Sybil.

—Apenas hay polvo. Y lógicamente, después de tanto tiempo, tendría que haberlo.

—Sí, es raro.

—¡Mírela! —invitó Sybil.

La muñeca se hallaba en el sofá. En vez de fláccida, aparecía erguida con un cojín detrás de ella, mostrando ese aire inconfundible de quien se sabe dueña y señora de su casa. Por su actitud, cualquiera hubiese creído que esperaba visita.

—Ya lo ve —dijo Alicia—. Parece encontrarse en su hogar. Casi siento la necesidad de pedir excusas.

—Vámonos.

Sybil volvió a cerrar la puerta.

Las dos mujeres se miraron visiblemente temerosas.

—Me gustaría saber por qué nos asusta tanto —dijo Alicia.

—¡Cielos! ¿Y quién no se asustaría? —preguntó la otra.

—Bueno, pero después de todo, ¿qué es lo que sucede? ¡Nada, absolutamente nada! Sólo se trata de una especie de marioneta que se mueve a su antojo por la habitación.

—¿Y si no es ella? ¿Y si fuera obra de un prestidigitador?

—¡Quién lo sabe!

—No, seguro que no es eso. Es... la muñeca.

—¿Está segura de que *ignora* su procedencia, miss Coombe?

—No tengo ni la menor idea. Y cuanto más lo pienso, más me afianzo en la creencia de que ni la compré ni me la regalaron. Para mí que vino sola.

—¿Y se irá algún día del mismo modo que vino?

—¿Por qué ha de irse? Ha logrado cuanto deseaba.

Sin embargo, la muñeca no debía de haber conseguido cuanto deseaba, pues al día siguiente Sybil, al entrar en el salón de exposiciones, se quedó con la boca abierta. Luego gritó por el hueco de la escalera:

—¡Miss Coombe! ¡Miss Coombe, baje en seguida!

—¿Qué ocurre?

Alicia, que se había levantado tarde, descendió cojeando, pues tenía reuma en la rodilla derecha.

—¿Qué pasa, Sybil?

—¡Véalo usted misma!

Desde el umbral del salón, Alicia contempló la muñeca, que aparecía sentada en un sillón, tranquilamente apoyada contra el brazo del mismo.

—Ha salido —susurró Sybil—. *Ha salido del probador*. Seguro que ahora quiere adueñarse de este salón.

Alicia se sentó junto a la puerta.

—No me extrañaría que pensara en quedarse con todas las dependencias.

—Podría ser —dijo Sybil.

—¡Desagradable y perversa muñeca! —gritó Alicia—. ¿Por qué nos fastidias? ¡No te queremos!

Tanto ella como Sybil creyeron percibir que se movía. Fue algo parecido a un relajamiento de sus miembros de trapo. El largo brazo que descansaba en el sofá medio le ocultaba el rostro, como si las observase astuta y maliciosamente.

—¡Criatura horrible! —volvió a gritar Alicia—. ¡No puedo soportarte! ¡No puedo soportarte más!

Su acción sorprendió a Sybil. Corrió al interior de la habitación, cogió la muñeca, se fue a la ventana, la abrió y tiró el manojo de trapos a la calle.

Sybil, asustada, no pudo reprimir un grito:

—¡Alicia! ¿Qué ha hecho? Estoy segura de que no debió hacerlo.

Luego se unió a ella junto a la ventana. Sobre el pavimento, la muñeca yacía boca abajo.

—¡La ha *matado*! —dijo entrecortadamente Sybil.

—¡No sea absurda! ¿Cómo puedo matar una cosa de terciopelo y seda?

—Es horriblemente real —murmuró Sybil.

—¡Cielos, aquella niña...!

Una niña de corta edad, mal vestida, se paró junto a la muñeca en la acera. Miró arriba y abajo de la calle, que apenas tenía tránsito a aquella hora de la mañana, si bien pasaban algunos coches. Luego, como satisfecha de su inspección, recogió la muñeca y echó a correr.

—¡Detente! ¡Detente! —gritó Alicia.

Ésta se volvió a Sybil.

—¡Esa niña no debe llevarse la muñeca! ¡No debe! Esa muñeca es peligrosa... Tenemos que evitarlo.

En aquel momento, tres taxis circulaban por una dirección y dos camiones por la otra. La niña tuvo que detenerse en una isla en el centro de la calzada. Sybil bajó presurosa la escalera, seguida de Alicia. Sortearon un par de vehículos y, al fin, llegaron a la isla antes de que la niña cruzase al lado opuesto.

—No puedes llevarte esa muñeca —dijo Alicia—. Devuélvemela.

La niña, delgada, de unos ocho años y algo bizca, la miró desafiadora.

—¿Por qué tengo que dársela? Usted la tiró por la ventana, ¿no? Yo vi cómo lo hacía. Si usted la tiró por la ventana es que no la quiere. ¡Ahora es mía!

—Te compraré otra —ofreció Alicia—. Iremos a la tienda de juguetes que tú digas y te compraré la mejor muñeca que encontremos. Pero devuélveme ésta.

—¡No!

La niña estrechó protectoramente en sus brazos la muñeca de terciopelo.

—*Tienes* que devolvérsela —dijo Sybil—. No es tuya.

Quiso arrebatársela, pero la pequeña dio una patada en el suelo y les gritó:

—¡No! ¡No! ¡No! Es bien mía. La quiero. *Ustedes* no la quieren. La odian. Si no la odiaran no la hubieran tirado por la ventana. Yo la quiero y eso es lo que ella necesita: *necesita* que la quieran.

Luego se deslizó como una anguila entre los vehículos y cruzó la calle, siguió por una callejuela y desapareció antes de que las dos mujeres se atreviesen a cruzar.

—Se ha ido —exclamó Alicia desalentada.

—La muñeca necesita que la amen —repitió Sybil.

—Puede que sea verdad. Quizás sea cuanto quiso la pobre: ser amada.

En el centro de una calle londinense, las dos mujeres se miraron asustadas.